KB114914

한의 스페셜리스트 4

가프 장편소설

초판 1쇄 찍은 날 § 2018년 4월 25일
초판 1쇄 펴낸 날 § 2018년 5월 2일

지은이 § 가프
펴낸이 § 서경석

총괄팀장 § 최하나
편집책임 § 이선근
편집 § 김슬기

펴낸곳 § 도서출판 청어람
등록번호 § 제387-1999-000006호
등록일자 § 1999. 5. 31
어람번호 § 제1-2892호

주소 § 경기도 부천시 원미구 부일로 483번길 40 서경B/D 3F (우) 14640
전화 § 032-656-4452 팩스 § 032-656-4453
http://www.chungeoram.com
E-mail § chungeorambook@daum.net

ISBN 979-11-04-91716-5 04810
ISBN 979-11-04-91658-8 (세트)

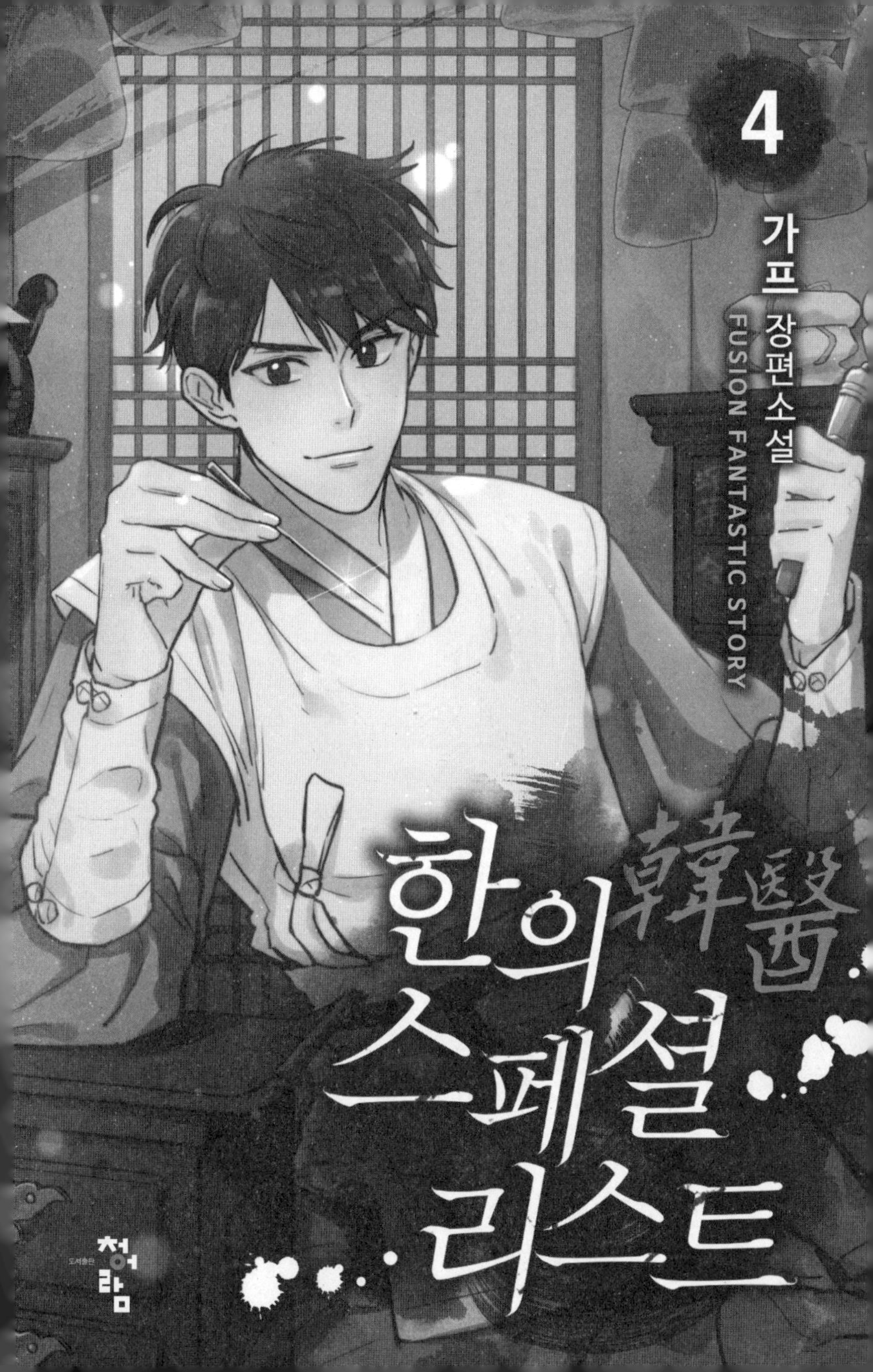
4
가프 장편소설
FUSION FANTASTIC STORY
한의 韓醫
스페셜리스트
청어람

Contents

1. 의사의 로망,
명의열전 캐스팅 확정

　김 전무와 헤어진 윤도는 스카이라운지 레스토랑에서 부용을 기다리고 있었다. 그녀의 콜이었다. 아버지를 도와준 데 대해 답례를 하려는 모양이었다. 콜을 받아들였다. 윤도도 할 말이 있었다.

　'치아……'

　물을 마시며 상무위원의 일을 생각했다.

　치아!

　왜 소장이나 대장과 관련이 있을까? 그건 입으로 지나가는 혈자리 때문이었다. 위경과 대장경이 주로 지나간다. 그렇기에 치아와 잇몸과 연관이 되었다.

　건강한 치아를 가지려면 소장의 기능도 좋아야 했다. 진맥으로 파악된 시침 혈자리는 위장경의 내정, 해계, 충양혈이었고 대장에서는 이간과 양계, 합곡혈이 꼽혔다. 소장은 전곡과 양곡혈. 윤도는 그중에서 가장 맞춤한 혈을 골라잡았다. 그 정도면 문제가 없을 것 같았다.

3일 후에 가겠다는 건 의도된 시침이었다. 마지막 자극을 아낌으로써 잇몸 출혈의 2%를 남겨둔 윤도였다. 3일째 되는 날 다시 미량 출혈이 될 것이다. 윤도 자신도 궁금했기에 현장을 지켜볼 기회를 만든 것이다.

새 치아…….

날까?

산해경 영약을 의심하지 않지만 이 또한 워낙 엄청난 일이라 조바심까지 일었다.

"오래 기다리셨어요?"

오래지 않아 부용이 등장했다.

"아뇨. 금방 왔습니다."

"어떻게 됐어요?"

부용이 물었다.

"나쁘지는 않습니다."

"그분이 채 선생님 진료를 받았어요?"

"뭐 처음에는 깐깐하게 굴다가……."

"와아, 운 대박이다."

"그렇죠? 제가 좀 어려 보여서 신뢰가 좀 안 갔던 거 같아요."

"아니, 채 선생님 말고 그 중국 귀빈 말이에요."

"네?"

"솔직히 어디 가서 채 선생님 같은 명의를 만나요? 게다가 새 치아가 나는 일인데."

"그런가요?"

"아무튼 정말 고마워요. 그 일 잘되면 아버지가 가만히 있지는 않으실 거예요."

"하핫, 진료비는 벌써 중국 환자에게 받았습니다."

"정말요?"

"그래서 오늘 밤은 내가 쏘려고요. 굉장히 많이 넣었더라고요."

"어, 안 되는데… 제가 사야 하는데……."

"좀 봐주세요. 부탁할 일도 하나 있고……."

"그럼 부탁부터 들어보고 결정할게요."

부용이 상체를 앞으로 내밀었다.

"일단 한 모금 해요."

윤도가 세팅된 와인 잔을 들었다.

챙!

맑은 글라스가 부딪치면서 투명한 소리를 냈다. 시원하게 입을 축인 윤도가 입을 열었다.

"애틋한 사연을 가진 환자가 있어서요. 방송에 소개 좀 안 될까요?"

"누군데요?"

"광희한방대학병원 환자인데……."

잔을 놓은 윤도가 손깍지를 끼고 이야기를 시작했다. 윤도
가 소개하는 건 골종양의 주인공 구대형이었다. 말라붙은 논
바닥처럼 정서가 말라가는 사회. 위로는 만연한 부패와 한탕주
의, 포퓰리즘으로 폭주하는 정치권. 아래로는 미래 상실로 시
들어가는 청년 백수들.

쓰리 잡을 하면서도 소방공무원의 꿈을 키우는 구대형이라
면 아름다운 사연이 될 거 같았다. 더구나 그는 골종양이라는
시련에 온몸으로 맞서 싸우는 청년이었다.

"우와, 콘셉트 죽이는데요?"

"진짜요?"

"스토리가 되잖아요. 화재로 죽은 엄마, 그 엄마와 한 약속
을 지키려는 청년. 거기에 플러스, 가난한 집안에 쓰리 잡, 암
투병까지 하면서도 불굴의 의지로 한 방에 합격하고 대한민국
국민을 화마로부터 지키고 싶어 한다."

"맞아요."

"이거 완전히 인간 승리예요. 피디들이 좋아할 스타일이라고
요."

"그럼 되는 건가요?"

"한 가지 문제가 있어요."

잘 나가던 부용이 표정을 고쳤다.

"뭐죠?"

"공무원 채용 규정 말이에요. 혹시 암에 걸리면 임용 부적격

사유가 되지는 않나요? 만약 그렇다면 방송에 나가면 쥐약이에요."

부용은 역시 달랐다. 감성적이면서도 팩트만은 놓치지 않았다.

"암은 완치 단계입니다. 재직 중인 공무원들도 암에 걸렸다고 해직 사유가 되지는 않아요. 문제는 체력 검사일 뿐이죠."

"그때까지 완치가 가능하다?"

"현재 치료 속도로 보아 걷는 건 가능할 거 같아요. 다만 전력 질주처럼 완전한 체력이 회복되는 데는 시간이……."

"용기를 주자는 거로군요?"

"맞아요. 이번에는 체력 점수가 안 돼서 떨어지더라도 많은 사람들이 자신을 응원하고 있다는 걸 알면 충분한 위로가 되지 않을까 합니다."

"팩트가 상큼하네요."

"안 될까요?"

"안 되긴요. 이런 소스 못 먹으면 피디 자리 내놔야죠."

부용은 그 자리에서 핸드폰을 꺼내들었다.

"임 국장님, 저 SN의 이부용인데요."

그녀의 추진력은 광속 로켓이었다. 그 자리에서 국장과 담당 프로그램 피디의 'OK'를 얻어내고 말았다. 윤도가 혀를 내두를 지경이었다.

"더 부탁할 일은요?"

통화를 끝낸 부용이 윤도를 바라보았다.

"없습니다. 부용 씨는 정말 대단하네요."

"아, 그래도 오해는 마세요."

"오해?"

"저 이거 실력이에요. 남들은 다 제가 아버지 재력과 후광을 등에 업고 승승장구한다고 생각하지만 요즘 그런 거 걸리면 적폐니 갑질이니 난리가 나잖아요? 그러니 행여라도 오해는 마시라고요."

"오해 안 합니다. 나도 바보는 아니거든요."

"절대 아니죠. 대한민국 최고의 명침 명의시니……"

"고맙습니다."

"아뇨. 제가 고마워요. 좋은 소스 제공하는 것도 피디들과의 돈독한 관계에 도움이 되거든요."

부용이 잔을 들었다. 윤도는 기꺼이 그 잔에 부딪쳐 주었다. 목을 넘어가는 와인이 더 달게만 느껴졌다.

"와아, 오늘은 별이 잘 보이는데요?"

투명 엘리베이터로 내려올 때 부용이 하늘을 가리켰다. 그 바람에 그녀의 몸이 윤도에게 닿았다.

"선생님."

"네?"

"미래에 말이에요, 화성도 가고 목성도 간다던데 우리도 거기 어디서 건배할 수 있을까요? 거기서 이 지구를 바라보면서 말이에요."

"가능하지 않을까요?"

"그럼 미리 예약해 둘게요. 제가 티켓 보내면 같이 가는 거예요?"

"티켓은 제가 보낼게요."

윤도가 웃었다. 하늘의 별… 그건 부용의 눈동자 안에도 초롱거렸다.

두근!

두 사람의 눈동자가 마주칠 때……

땡!

엘리베이터가 열렸다. 연인들이 우르르 몰려들었다.

"내려요."

윤도는 부용이 나갈 공간을 확보해 주었다. 그녀를 먼저 보냈다. 밤이 깊어갔다.

웅황!

윤도는 웅황의 용액을 멸균병에 담았다. 거기 장침의 끝을 적셨다. 구대홍의 병상이었다. 카메라가 돌아가고 있었다. 부용은 전격적이었다. 그녀의 추진력은 가히 혀를 내두를 정도였다.

윤도를 찾아온 피디는 병실 촬영 협조를 부탁했다. 그 말은 곧 부원장에게 전달되었다. 부원장은? 닥치고 OK였다.

피디는 다음 요청 사항을 전해왔다. 윤도의 찬조 출연이었다. 지정의이자 주치의의 역할까지 수행한 침술의 명인. 그 장면이 꼭 들어가야 한다고 했다. 별수 없이 구대홍과 함께 몇 장면을 촬영하게 되었다.

카메라와 조명이 자리를 잡는 사이에 달력을 보았다. 구대홍의 신체검사는 이틀이 남았다. 윤도의 연수 또한 막바지에 다다랐다. 그래서 뽑아 든 웅황이었다. 구대홍의 골종양은 회복세가 완연했다. 하지만 신체검사 당일에 정상인처럼 뛰고 달리는 능력까지 나오기는 힘든 상황. 그렇기에 승부수를 띄웠다.

웅황!

그 힘을 보태는 것이다. 최소한 보행이라도 확실하게 해줄 생각이었다.

복도에 몰려든 사람들은 방송 스태프들 어깨 뒤에서 넘겨보느라 바빴다. 앞줄은 안미란과 송재균이 차지했다. 둘은 도우미를 자청하고 질서를 유지하고 있었다.

"떨려요?"

준비를 마친 윤도가 구대홍에게 물었다.

"아뇨."

구대홍이 웃었다. 소방왕을 꿈꾸는 사람답게 여전히 씩씩했다.

"아버님은요?"

"떨리네요."

침대 옆의 아버지가 대신 얼굴을 붉혔다.

"큐!"

피디의 사인이 떨어졌다.

짤락!

바람 같은 소리와 함께 장침 하나가 윤도 손에 잡혔다. 카메라는 그 장면을 클로즈업해 들어왔다. 윤도는 한 치의 흔들림도 없이 수삼리혈을 취했다. 카메라가 다가왔다. 장침은 자리를 찾아가듯 스르르 들어갔다. 종기의 명혈 수삼리였다.

다음은 당연히 무릎 치료의 1순위로 꼽히는 복토혈이었다. 침은 딱 일곱 개였다. 방송에 맞춰 행운의 숫자를 세운 것이다. 손을 떼자 장침은 신전의 기둥처럼 우뚝했다. 기적을 불러오는 신전의 기둥…….

"수고하셨어요!"

인터뷰를 마치고 나오자 안미란이 커피를 내밀었다. 촬영진은 이제 구대홍과 아버지를 찍고 있었다. 윤도의 출연은 거기까지였다.

"채 선생."

구경 나온 환자와 간호사들 뒤에서 부원장이 손을 들어 보였다. 윤도가 꾸벅 인사로 답했다.

"수고했네."

부원장 역시 고무되기는 마찬가지였다. 좋은 이슈로 병원이 소개되는 것. 마다할 경영자가 없었다.

구대홍의 방송은 다음 날 나왔다. 시침 준비를 하던 윤도가 병실 텔레비전을 바라보았다.

"나와요."

광고 방송이 끝나자 간호사가 소리쳤다. 화면에 구대홍이 비쳤다.

─오늘은 불굴의 의지를 가진 소방공무원 지망생을 만나보

도록 하겠습니다. 주인공은 올해 치러진 소방공무원 필기시험에서 우수한 성적을 올렸습니다. 그런데 체력 시험을 앞두고 아쉬운 일이 생겼습니다. 시험 직후, 미루었던 다리 검사를 받았는데 청천벽력으로 골암 판정을 받은 것입니다. 뿐만 아니라 암의 부위가 좋지 않아 양방·한방 공히 무릎 아래 절단 진단을 내놓았습니다.

리포터 뒤로 광희한방대학병원이 보였다.

—하지만 이 주인공은 꿈을 꺾지 않았습니다. 오래전에 화재로 인해 죽은 엄마와의 약속 때문이었습니다. 어린 소년은 병상의 엄마와 손가락을 걸었고 나중에 소방관이 되어 시민의 목숨을 지키겠다고 약속을 했던 겁니다.

리포터는 이제 병실 복도로 접어들었다.

—그 간절한 의지가 기적을 가져왔습니다. 그 기적을 만나보시겠습니다.

리포터가 구대홍의 병실에 들어섰다. 구대홍은 거기 두 발로 서 있었다.

—오늘의 주인공, 구대홍 수험생입니다. 보시다시피 그는 두 발로 서 있습니다. 몇 주 전만 해도 휠체어 신세에 절단의 위기였는데 말이죠. 뿐만 아니라…….

구대홍이 걸었다. 화면은 그 보폭을 따라갔다.

—이제 걸을 수도 있게 되었습니다. 암도 소년의 꿈을 뺏어가지는 못했으니 담당 의료진의 총력 진료와 침술이 기적을 불러왔습니다.

화면에 MRI 비교 영상이 나왔다. 처음 진단받을 때와 촬영 전날 찍은 회복 사진이었다.

—보세요. MRI 영상입니다. 골암 부위가 현저히 줄어든 것을 알 수 있습니다. 그럼 여기서 기적의 주인공을 모시겠습니다.

리포터의 멘트에 이어 구대홍이 클로즈업되었다. 클로즈업 위로 몇 장면이 오버랩되었다. 악력 연습과 윗몸일으키기 등으로 몸을 만드는 모습이었다.

화면이 바뀌자 인터뷰가 시작되었다. 엄마와의 사연에 이어 쓰리 잡을 뛰면서 공부한 사연이 나왔다. 더불어 통닭구이 트럭 행상 아버지를 돕는 재현 장면까지 나오자 병실은 숙연해졌다.

주치의로서 윤도가 나오고 침술 과정도 간단히 소개가 되었다.

—어떻게 골암을 치료하게 되었나요?

리포터가 윤도에게 던진 질문이었다.

—환자의 의지가 강했습니다. 그 의지라는 불씨에 바람을 조금 불어 불꽃을 피워준 것뿐입니다. 구대홍 환자의 못된 골종양이 다 타버리게 말이죠.

—침이 들어올 때 낫는다는 생각이 들었나요?

마이크가 구대홍에게 넘어갔다.

—믿지 않으시겠지만 채 선생님을 처음 보는 순간 스파크가 일었어요. 천국에서 내려온 의사처럼 말이죠.

—참고로 이 주치의가 바로 남해 여객선 참사 때 기적의 침

술로 일곱 생명을 살린 그분입니다.

윤도가 클로즈업된 후에 방송이 이어졌다.

ㅡ이번 체력 검사에 참여할 거라고요?

ㅡ네.

구대홍이 답했다.

ㅡ아직은 무리가 아닐까요?

ㅡ무릎이 썩어가던 때를 생각하면 절대 무리가 아니죠. 최선을 다하고 안 되면 내년에 다시 도전할 겁니다.

ㅡ주치의로서 어떻게 생각하세요?

마이크가 윤도를 향했다.

ㅡ당장 소방관 체력 검사를 다 소화하기에는 무리가 맞습니다. 하지만 골암의 사선을 넘어온 의지를 가졌으니 한번 참가해 보는 것도 나쁘지 않다고 봅니다.

ㅡ아, 이거 엄청나네요. 제 생각 같아서는 소방청에다 구대홍 수험생은 특별히 다뤄달라고 요청하고 싶을 정도입니다. 모쪼록 완쾌하셔서 멋진 소방관이 되기를 바라고요, 마지막으로 각오 한 말씀 하세요.

리포터가 구대홍에게 다가섰다.

ㅡ처음에는 엄마와의 약속이라 꼭 소방관이 되고 싶었습니다. 하지만 이제는 채 선생님과도 약속을 했으니 기필코 소방관이 되어 국민을 지킬 겁니다.

구대홍이 주먹을 쥐어 보였다. 윤도도 같은 포즈로 힘을 실어주었다. 두 주먹이 클로즈업되었다. 그것으로 방송은 끝이 났다.

짝— 짝— 짝!

윤도가 박수를 쳤다. 안미란도 그 뒤를 이었다. 간호사와 다른 환자들도 박수를 아끼지 않았다.

"구대홍 씨."

윤도가 환자를 바라보았다.

"그 말 하려고 그러죠? 침 맞아야지!"

"아네요?"

"이제 선생님 눈빛만 봐도 알아요. 어제보다 컨디션 더 좋으니까 빨리 놔주세요. 저 걷기하고 윗몸일으키기 연습해야 하거든요."

"오케이!"

진맥을 했다. 어제보다 좋았다. 웅황이 들어간 것이다. 혈자리를 찌르는 게 아니라 연주를 하는 기분이었다. 구대홍의 쾌속 회복, 그건 곧 윤도의 보람이었다.

방송의 반향은 굉장했다. 이내 유튜브에 올라가고 인터넷에도 사연이 퍼졌다. 사연마다 댓글이 폭주했다.

—천생 소방관 탄생.
—소방청은 구대홍 무조건 뽑아라.
—구대홍 안 뽑으면 소방청 폭파할 거임.
—국대급 레전드 소방관 예약.

—이런 청년이 있어 그나마 헬지옥 살맛이 난다.

—1년 연봉은 주치 한의사에게 줘라.

—너, 나랑 사귀자.

—소방청장이 특채라도 해야겠네.

윤도는 상담실에서 댓글 구경을 했다. 화면은 안미란이 띄워 놓았다. 간간히 윤도에 대한 칭송도 엿보였다.

"선생님."

"예?"

"그러고 보니……."

환하던 안미란의 얼굴이 확 구겨졌다.

"왜요?"

"선생님 연수가 거의 끝나가잖아요?"

"……."

"계속 같이 계시면 좋은데……."

"제가 뭐 외국이라도 나갑니까? 가끔 제 한의원에 오셔서 같이 토론하고 공부하면 되지……."

"정말 그래도 돼요?"

"그럼요."

"약속하신 거예요. 나중에 가면 모른 척하시면 안 돼요."

"걱정 마세요."

"아, 아예 선생님 한의원에 따라가서 배우면 안 될까요?"

"……."

"농담이에요. 제가 무슨 자격이 있겠어요?"

"별말씀을."

대화가 오갈 때 노크 소리가 들렸다.

"들어오세요."

안미란이 답하자 문이 불쑥 열렸다. 문 사이로 들어온 건 엄청난 꽃다발이었다.

"채 선생님."

꽃다발 뒤에서 구대홍이 얼굴을 내밀었다.

"대홍 씨."

"받으세요. 방송 때문에 꽃다발이 어마무시하게 들어왔어요. 선생님에게 제일 먼저 보여 드리고 싶어서 가져왔어요."

구대홍이 다가와 꽃다발을 윤도 품에 안겼다.

"여기도 있습니다."

이번에는 구대홍의 아버지였다. 희소식도 가져왔다.

"방송 덕분에 오늘은 통닭을 굽기가 무섭게 매진되었습니다. 그래서 인사도 드릴 겸……."

"잘됐네요."

윤도가 좋아할 때였다. 구대홍의 아버지가 꾸벅 절을 해버렸다.

"고맙습니다. 우리 아들 살려주셔서……. 정말이지 다리 자르는 줄만 알았는데……."

닭똥 같은 눈물까지 뚝뚝 흘린다.

"왜 이러세요. 아버님."

놀란 윤도가 아버지를 말렸다. 하지만 소용없었다. 부전자전이라더니 구대홍까지 절을 한 것이다. 둘을 말리느라 꽃다발이 다 흩어져 버렸다. 셋은 꽃 위에서 웃었다. 꽃보다 환한 미소였다.

이틀 후, 아침 해가 밝았다. 윤도에게는 두 가지가 특별한 날이었다. 구대홍의 체력 시험과 중국 상무위원의 영약 3일 차… 덕분에 잠을 좀 설쳤지만 피곤하지 않았다.

"선생님!"

윤도가 출근할 때 구대홍이 현관 쪽에서 소리쳤다. 그는 아버지의 장작구이 통닭 트럭 앞에 있었다. 아들을 시험장으로 픽업하려고 온 아버지였다. 어떻게 보면 쪽팔릴 수도 있는 일. 하지만 구대홍은 전혀 그렇지 않은 얼굴이었다.

"안녕하세요?"

윤도가 아버지에게 인사를 했다.

"시험장 가는 거예요?"

"넵!"

구대홍의 대답은 강철처럼 단단했다.

"다리는요?"

"좋아요. 달리기도 흉내는 낼 수 있어요."

구대홍이 몸을 움직여 보였다. 무릎은 잘 올라갔다.

"좋아요. 잘 보고 오세요. 대신 무리는 절대 금물."

"걱정 마세요. 오늘은 간만 보러 가는 거니까."

구대홍이 웃었다.

부릉!

장작구이 통닭 트럭에 시동이 걸렸다. 트럭은 그렇게 멀어졌다. 장작구이 통닭 냄새를 폴폴 풍기며…….

'파이팅.'

윤도는 오래오래 손을 흔들어주었다.

이날 구대홍은 꽃길을 걸었다. 수험장에 내리자 수많은 응원단이 나와 있었다. SNS의 힘이었다. 그들은 구대홍이 가는 길에 꽃을 깔아주었다. 이 세상 어떤 소방관의 다리보다 아름다운 다리. 부활한 다리를 위한 축복이었다.

시험장에는 소방청 고위 간부진도 나왔다. 방송의 위력은 굉장했다. 그 장면들은 윤도도 나중에 볼 수 있었다. 응원 나온 팬(?)들이 동영상을 찍어 유튜브에 올린 것이다.

소방공무원 체력 검사는 모두 6종류로 나뉜다. 악력, 배근력, 앉아 윗몸 앞으로 굽히기, 제자리멀리뛰기, 윗몸일으키기, 왕복 오래달리기 등이다.

다리로 하는 것만 제외하면 합격이었다. 구대홍은 악력과 배근력 등에서 우수한 성적을 냈다. 다만 제자리멀리뛰기는 기본에 그쳤고 오래달리기 또한 참가에 만족했다. 그래도 구대홍은 수많은 경쟁자들 가운데 가장 행복한 표정으로 달렸다. 꼴찌조차 행복한 순간이었다. 그에게는 이제 내일이 있었다.

영상을 보는 윤도 콧날이 시큰해졌다.

상담실에 들어서자 부용의 전화가 들어왔다.

큼큼!

조용한 창가로 옮긴 후에 목청을 가다듬고 전화를 받았다.

"굿모닝, 부용 씨."

—선생님.

"아침부터 웬일이세요?"

—진료 중이세요?

"아뇨. 괜찮습니다."

—어휴, 다행이네요. 행여나 진료 방해할까 싶어서…….

"부용 씨라면 가끔 방해해도 되요."

—구대홍 환자는요? 오늘이 체력 검사 하는 날 아닌가요?

"어, 그걸 다 기억하고 있어요?"

—선생님 일이잖아요?

"……"

—음… 지금 설마 감동 먹은 거?

"솔직히 그렇네요."

—침놓을 때는 범접하기도 어려운 아우라를 뿜지만 알고 보면 선생님도 휴머니스트라니까요.

"한의사 해먹으려면 그런 것도 조금은 있어야 해요."

—그건 그렇고 이제 선생님 차례예요.

"제 차례요?"

—개업 전 방송 출연 말이에요. 사실 그다음 날에 스케줄 들어왔는데 너무 닦아세우는 거 같아 말씀 못 드렸어요.

"……"

―연수, 며칠 후에 끝나죠?

"네."

―그 다다음 날 녹화 뜨고 개업 직전에 방송 나가게 될 거예요.

"무슨 프로그램인데요?"

―…….

"부용 씨."

―TBS 명의열전요.

"뭐라고요?"

―명. 의. 열. 전!

부용이 또렷하게 강조했다.

'으억.'

윤도의 입이 쩍 벌어졌다. 명의열전은 굉장한 프로그램이었다. 의사와 한의사 구분 없이 출연하지만 의술의 레전드가 아니면 명함도 못 내민다는 프로로 알려진…….

그 명의열전!

2. 철심석장(鐵心石腸)
─흔들림 없는 카리스마

"부용 씨. 거기는 제가 스펙상……."

―제가 아니고 방송국에서 결정한 거예요.

"네?"

―저는 오퍼만 냈는데 그쪽에서 무조건 그 프로그램을 밀더라고요. 그렇잖아도 초기와 달리 고만고만한 의사 출연진 때문에 시청률 바닥이라 대전환하려던 참에 잘되었다고 해요. 진행자도 김워니에서 유재덕으로 바꾼다고 하던데 잘하면 선생님이 개편되는 첫 회 방영분이 될지도 몰라요.

'유재덕?'

머리카락이 삐죽 솟구쳤다. 그는 자타가 공인하는 예능의 신이었다.

—저 빽 안 썼어요. 이게 지금 선생님 현주소거든요.

"좋아요, 그렇다고 쳐요. 그럼 저 촬영 지도는 언제 해주고요?"

—이미 해드렸잖아요?

"예? 언제요?"

—구대홍 씨 방송 나갈 때 체험하지 않았어요? 방송이라는 거 크게 다를 거 없어요. 단지 선생님 비중이 커질 뿐이죠.

"……!"

—실전이 최고의 연습. 모르세요?

띠잉!

윤도 머리에 긴 울림이 남았다. 부용의 말은 틀림이 없었다. 구대홍 촬영에 느닷없이 찬조 출연을 통보받은 윤도. 부담감에 혼자 거울을 보며 멘트 연습을 했었다. 카메라를 들이대는 환경은 그렇게 체험했다. 뭐, 막상 해보니 별것 아니었다.

'부용 씨…….'

그녀가 다시 보였다. 너무나 자연스럽게 방송 경험을 갖게 해준 것이다.

허얼!

—하지만 조금은 긴장하세요. 이게 옵션이 있나 봐요.

"옵션요?"

—그 왜, 미션 같은 거 말이에요, 눈치를 보니 실전 테스트를 할 거 같아요. 일종의 실력 검증인 것 같던데 두 명을 동시 섭외해서 기본 촬영을 한 후에 시청자 투표로 방송분을 결정하

는 시스템을 고려 중인 거 같아요. 저야 뭐 선생님 실력 아니까 동의해 주었어요.

"시청자 투표요?"

─상대가 누군지는 녹화 당일, 녹화가 끝난 후에나 알 수 있대요. 궁금한 건 그날 만나서 코치해 드릴 수 있는데 제가 조언할 건 많지 않을 거예요. 어차피 한의학과 침술에 대한 걸 테니 그건 선생님이 전문가잖아요.

"아, 네……."

─그럼 나중에 봬요.

딸깍!

전화가 끝났다.

'명의열전?'

헐!

웃픈 미소가 나왔다. 꿈같기도 하고 낯이 뜨겁기도 했다.

명의열전.

거길 나가게 되다니…….

기출연진들을 돌아볼 겸 책상의 노트북을 켰다. 검색을 했다. 쟁쟁한 출연진들이 나왔다. 심장 명의, 폐암 명의, 통증 명의, 임플란트 명의, 미세성형 명의, 소아암 명의…….

그 사이사이에 한방 명의도 보였다. 침구 명의, 한방비만 명의, 한반 통증 명의, 한방 탕약 명의… 침구 명의로 나온 사람이 바로 이 병원 조 과장이었다.

그런데…….

실전 테스트는 뭘까?

침술…….

그 가능성이 높았다. 비방 한약 같은 건 치료 효과를 알려면 시간이 필요했다. 하지만 침이나 뜸이라면 짧은 시간에 가능한 것도 많았다.

그리고…….

누가 나올까?

설마 조수황 과장?

그때 부원장의 호출이 들어왔다. 부원장은 여기서 뜻밖의 옵션을 내주었다.

"채 선생 연수가 며칠 안 남았지?"

"예."

"이제부터는 연수 끝 날까지 프리로 시침하시게."

"네?"

"채 선생 마음대로 하라는 걸세. 조 과장처럼 말일세. 혹시라도 문제 생기면 내가 다 책임질 테니."

"부원장님."

"연수도 며칠 안 남았고 채 선생 실력도 다들 인정일세. 그러니 침놓고 싶은 환자 마음대로 골라서 해보시라고. 내가 줄 선물은 그것밖에 없어."

"부원장님…….".

"아, 한 가지 더 있긴 하군."

"……?"

"구대홍 환자 말이야 입원비 받지 말라고 그랬지? 딱 그렇게 하면 너무 야박한 거 같아서 그 아버지와 함께 평생 무료 진료권을 주기로 했네."

"네?"

"채 선생이 직접 전하시게. 채 선생이 이룬 쾌거의 보상이니 말이야."

"부원장님……."

"싫은가?"

"아, 아닙니다. 고맙습니다."

유후!

복도로 나온 윤도가 쾌재를 불렀다. 구대홍의 무료 진료권에 더불어 남은 기간의 자유 시침. 이거야말로 윤도가 바라던 일이었다.

당장 안미란을 불렀다. 그녀 역시 조 과장의 통보를 받은 후였다. 환자 선별은 그녀에게 부탁했다. 고질병이나 특별한 질환을 골라다 달라고.

'구대홍 씨가 가져온 행운인가?'

상담실로 돌아와 장침을 준비했다. 열이든 스물이든 가리지 않을 생각이었다.

"선생님!"

동영상이 끝나갈 때 안미란이 들어왔다.

"선생님, 구대홍 환자 체력 검사 동영상 봤어요?"

"그럼요. 선생님은요?"

"당연히 봤죠. 간호사들도 다 그거 보더라고요."

"그래요?"

"구대성 씨, 왠지 합격할 거 같지 않아요?"

"그랬으면 좋겠는데 다리로 하는 종목이 좀 약해서……."

"제가 아까 인터넷에서 읽었는데 소방청에서도 고민 중이래요. 우리나라 관리들, 여론에 약하잖아요?"

'여론……'

그 말이 희망 하나를 당겨놓았다. 윤도가 경험자였다. 윤도의 특별 제대도 어쩌면 여론이 출발이었다. 여객선의 심장마비자들을 구하고, 중대 범인을 잡고…… 이 회장과 부용이 뒤에서 힘을 쓴 거라지만 여론이 없었다면 불가능했을 일이었다.

"음, 그럼 저도 댓글 열심히 달아야겠는데요?"

"댓글요?"

"소방청은 이런 인재를 특채하라, 특채하라!"

"어머, 그거 좋은 생각이에요. 저도 폭풍 댓글로 지원할게요."

"이러다 우리도 댓글 조작으로 잡혀가는 거 아닐까요?"

"쳇, 이런 조작은 좀 해도 되는 거 아니에요? 공무원들이 돌대가리지. 공무원 시험을 왜 보는데요? 우수한 공무원 고르느라 뽑는 거잖아요? 그런데 구대홍 씨 같은 인재가 어디 있어요? 뽑기만 하면 소방을 천직으로 알고 근무할 텐데……."

안미란이 목소리를 높였다. 하나도 틀리지 않은 말이었다.

"그건 그렇고, 환자 명단 뽑아 왔어요?"

"보세요."

안미란이 환자 차트를 펼쳐놓았다. 자그마치 20명이 넘었다. 윤도가 차트를 받았다.

장침!

한의학에는 장침을 맞아야 치료 효과가 좋은 질병이 따로 있었다.

정신병.

위장병.

협늑통.

중풍마비.

각종 신경통.

각종 풍습비통.

하지만 그건 어디까지나 일반 한의사들의 경우였다. 윤도의 신침은 풍한서습(風寒暑濕)을, 질병을, 기혈을, 사람을 가리지 않았다. 일반 한의사들이 금침(禁鍼)으로 여기는 혈까지 다룰 수 있는 윤도이기 때문이었다.

이명.

불면증.

산후어혈.

소아천식.

자궁경련.

안면근경련.

신침이 필요한 환자 차트를 가려냈다. 침 한 번으로 건강을 되찾을 수 있다면 마지막 수고를 아끼지 않을 윤도였다. 그러다 한 차트에서 시선이 멈췄다. 성기능 장애나 생식기 애로 환자들이었다.

M 48. 양위(陽痿).
M 58. 양위(陽痿).

양위는 발기부전을 말한다. 두 남자는 48세와 58세였다. 윤도가 안미란을 바라보았다.

"둘 다 사연이 기구해서 끼워 넣었어요."

안미란이 어깨를 으쓱해 보였다.

"어떤 사연인데요?"

"62세 아저씨는 다섯 번이나 이혼을 당했대요. 48세 아저씨는 여섯 번이고요. 둘이 합해서 열한 번."

열한 번.

진짜 기구했다. 한편으로는 재주가 좋기도 했고…….

"그렇게나 많이요?"

"본인들 말로는 거시기에 불이 안 들어와서 사는 게 사는 게 아니라고…….."

안미란이 얼굴을 붉혔다.

"조금 더 정보를 주세요."

"48세 아저씨는 밤무대 가수예요. 그래서 여자가 많이 따르나 봐요. 자기 말로는 그쪽 분야에서 나름 잘나간다고… 노래 끝나면 팬클럽이 줄을 선다나요. 그런데 여자들이 죄다 빠이빠이고, 58세 아저씨는 작가래요. 얼굴이 분위기 있게 생겨서 여자가 붙는 것 같고……. 하지만 작품이 잘나가지 않아 워낙 스트레스를 받다 보니 발기가 잘 안 되고 결국 이혼을 하게 된다고……."

"발기불능이야 요즘 좋은 약 많잖아요?"

"이 환자들은 심장이 그리 좋지 않아 약 혜택을 받을 수 없다네요."

"회춘침 맞으러 오신 거네요? 과장님이 시침하셨고."

차트를 보며 윤도가 말했다. 치료 과정은 그리 나쁘지 않았다. 처방된 탕제도 그랬다.

"계속하셨는데 조금 나은 듯하지만 큰 효과는 보지 못했다고 해요. 채 선생님이 맡으면 굉장히 조 과장님도 짐 더시는 거예요."

"다섯 번, 여섯 번 이혼이라……."

"작가 아저씨 말은 이번에 정말 좋은 여자를 만났는데 거시기 때문에 고민하고 있다고 해요. 지금도 벽지에서 작품 구상한다고 핑계 대고 입원 중이시거든요. 이번에 안 되면 다 포기하고 자연인으로 사시겠다고 하시니 딱해서……."

"가수 환자는요?"

"그분은 선수처럼 좀 느끼하기는 한데 병은 미워해도 사람은 미워하지 말랬잖아요."

"……."

"뺄까요?"

"아뇨, 당첨입니다. 주치의들에게 통보해 주세요. 오늘은 제가 좀 바쁘니까 내일 아침부터 시작할게요."

"둘 다요?"

"네."

윤도의 대답은 명쾌했다.

하루가 어떻게 갔을까? 정말이지 정신없는 하루였다. 아침부터 시작된 구대홍의 이야기는 오후까지 이어졌다. 시험에서 돌아온 구대홍이 제일 먼저 윤도를 찾은 까닭이었다. 윤도는 부원장이 준 선물을 안겨주었다. 아버지와 함께 평생 무료 진료권이었다.

"선생님!"

구대홍이 감격에 떨었다.

"올해는 몰라도 내년에는 필히 합격하는 겁니다?"

윤도는 그 말로 축하를 대신했다.

하지만!

윤도는 구대홍의 감정에만 휘둘릴 수 없었다.

3일.

긴장하던 3일이 돌아온 것이다.

'상무위원.'

그와 약속한 3일차였다.

조 과장에게 보고하고 칼퇴근을 하게 되었다.

'새 치아…….'

났을까?

안 났을까?

심장이 쫄깃해졌다. 암을 고치는 장침보다도 더 짜릿한 긴장
이었다. 옆에서 지켜보지 못한 까닭도 컸다.

"저 채윤도라는 한의사입니다."

호텔 로비에서 진 비서에게 전화를 걸었다. 수행원이 내려와
윤도를 안내했다.

"어서 오시오."

상무위원은 객실 소파에 있었다. 의자 깊숙이 자리한 그는
한층 더 묵직해 보였다.

"혼자 오셨나?"

상무위원이 물었다.

"진료차 왔기 때문에……."

"아침부터 잇몸 출혈이 있었소."

상무위원의 목소리는 조금 까칠했다.

"멈추게 해드리겠습니다."

윤도가 침통을 꺼내들었다. 그때 뒤쪽에서 낯선 중국어가
들려왔다.

"그럴 필요 없소. 출혈은 내가 잡았으니!"

'응?'

윤도가 고개를 돌렸다. 그 시선을 한 사람이 치고 들어왔다.

'중의(中醫)?'

60 초반의 중국인. 그러나 윤도는 본능으로 알았다. 그는 중의사가 분명했다.

"당신이 우리 대인께 시침한 한의요?"

묻는 목소리에 각이 섰다. 윤도를 아래로 보는 눈빛이었다.

"그렇습니다."

"대인께 새 치아가 나는 묘방을 주었다기에 달려왔소이다. 대인은 미래 중국을 이끌어 나갈 귀하신 몸. 그 안위를 위해 처방을 확인해야겠소."

"……?"

"그대의 영약이 경옥고와 신침법의 묘방을 따랐다고 들었소만?"

"그렇습니다."

"그 말을 책임질 수 있겠소?"

"무슨 뜻입니까?"

"묻는 말에 대답하시오. 경옥고와 신침법의 묘방을 따른 게 틀림없는 것이오?"

"그렇다고 했습니다."

"3일 후면 새 치아가 난다고 했다 들었소."

"그렇습니다."

"한국의 3일은 무엇을 기준으로 삼는 거요? 내 시계로는 72시간이 경과한 것 같은데?"

"그래서 지금 확인차 들린 겁니다."

"확인이라… 그건 내가 조금 전에 했소만."

"묘방을 쓴 건 납니다. 확인도 내가 합니다."

"묘방이란 건 말이오, 누가 확인하든 같은 결과가 나와야 하는 것 아니오?"

중의가 윤도 앞으로 한 걸음 다가섰다.

"당연한 말씀."

"그런데 왜 내 눈에는 보이지 않는 거요? 당신이 장담한 새 치아 말이오."

"대인!"

윤도가 상무위원을 돌아보았다.

"말하시오."

"입을 한번 확인해도 되겠습니까?"

"그러시오."

상무위원이 입을 벌려주었다. 윤도가 확인에 들어갔다. 하지만…….

"……!"

이내 굳고 마는 윤도의 시선이었다. 입안에는 출현의 흔적이 있었다. 그건 당연했다. 오늘 확인할 명분을 위해 침 끝 조절을 해두었던 윤도였다. 하지만 듬성듬성 빈 상무위원의 잇몸에는 새 치아의 징조가 '전혀' 없었다.

'이럴 수가?'

윤도 등골에 식은땀이 흐르면서 척추가 뻣뻣하게 곤두섰다.

믿는 도끼에 발등 찍힌다더니 하필 이번 영약이 통하지 않는단 말인가?

"확인 끝났소?"

골똘한 사이에 상무위원이 물었다.

"영약환을 틀림없이 물고 잤습니까?"

"당연하지요."

"진맥을 좀 보겠습니다."

"그러시든지."

상무위원이 손을 내주었다.

"……"

윤도는 정신을 집중했다. 실패는 생각지도 않았었다. 지금까지 산해경의 영약이 빗나간 적은 한 번도 없었기 때문이었다. 하지만 지상에 '보장'이라는 건 없었다. 언제든 사고가 날 수 있는 게 인생이었다. 그걸 실감하는 윤도였다.

'이런……'

맥을 추적하던 윤도가 이유를 알았다. 그 이유는 2% 부족에 있었다. 그 2%가 일을 망친 것이다.

"대인!"

손을 놓은 윤도가 상무위원을 바라보았다.

"말하시오."

"대인의 중의께서도 대인의 맥을 짚어보셨겠지요?"

"물론이오."

"언제입니까?"

"어제 저녁……."

"중의께서는 무엇을 어떻게 하셨습니까?"

"이보시게. 감히 대인께 무례하지 않은가?"

지켜보던 중의가 태클을 걸고 나왔다.

"무례한 것은 중의십니다."

윤도가 응수했다.

"뭐라?"

"당신의 진맥이 대인의 치아가 나는 걸 막았습니다. 그러니 그보다 무례한 짓이 어디 있겠습니까?"

윤도가 눈빛을 세웠다. 강철이라도 뚫을 듯한 시선이었다.

"뭐라? 무슨 근거로 그 따위 망발을?"

"망발 역시 당신에 속하는 말입니다. 대인의 주치의라면 중국에서도 손꼽히는 중의일진대 이 같은 작태라니 용서할 수 없습니다."

"아니, 이자가 듣자하니… 네 무슨 근거로 그런 말을 하는 것이냐?"

중의가 핏대를 올렸다. 여기는 중국의 상무위원이 머무는 객실. 그것은 곧 여기가 중국 땅이라고 해도 틀리지 않을 일. 그걸 믿고 폭주하는 중의였다.

"증거는 이 손입니다."

윤도가 중의의 손을 낚아챘다.

"아니, 이자가 정말……."

윤도가 강수를 두자 진 비서가 손짓을 했다. 수행원 둘이 달려와 윤도 팔을 제압했다. 가재는 게 편이다. 그래도 윤도의 발언은 거침이 없었다.

"당신의 이 손… 내 묘방의 냄새가 나거든? 왜 그럴까? 이유는 한 가지야. 당신이 내가 대인에게 준 영약의 일부를 떼어냈기 때문이야. 그 일부 때문에 약효가 모자라 새 치아가 나지 않은 것이고."

"뭐라?"

"대인!"

날선 윤도의 시선이 상무위원을 돌아보았다.

"어제 이 중의에게 제 영약을 보여주었습니까? 아닙니까?"

"그, 그건……."

상무위원이 말을 더듬었다. 보여준 것이 틀림없었다.

"보여주고 난 후에 영약을 확인했습니까? 그 전날 먹은 두 개와 표면이 똑같았습니까?"

"그것까지 확인하지는 않았네만."

"그 일부가 이 중의에게 있습니다. 이 손에서 나는 냄새가 그 증거입니다."

"냄새는 날 수 있는 거 아닌가? 그 손으로 만졌으니……."

"천만에요. 그 영약은 만지기만 해서는 냄새가 배지 않습니다. 떼고 비비고 부서뜨려야만 냄새가 배죠. 제 말을 못 믿겠으면 대인의 손 냄새를 맡아보십시오."

"내 손?"

"만져서 배는 냄새라면 대인 손에서 영약 냄새가 날 겁니다.

3일간 영약을 묻기 위해 만졌을 테니까요."

"......"

"부탁드립니다."

윤도의 목소리는 끝 간 데 없이 정중했다. 압도적인 의술 카리스마에 눌린 상무위원이 자기 손 냄새를 맡았다.

흠흠!

"......?"

냄새가 나지 않았다.

"제 말이 맞다면 이자들을 뿌리쳐 주시겠습니까? 기왕에 벌어진 소란이니 끝을 봐야 할 것 같습니다."

윤도의 턱이 팔을 제압한 수행원들을 가리켰다. 상무위원이 눈짓을 하자 수행원들이 물러섰다. 윤도는 중의의 손을 잡은 채 상무위원에게 다가섰다. 진 비서가 그 앞을 막았다.

"손 냄새를 맡게 해드리려는 것뿐입니다."

"비켜 드리게."

윤도 말에 상무위원이 부응했다.

"......!"

윤도 손의 냄새를 맡은 상무위원이 미간을 찡그렸다. 마늘냄새인 듯 고산의 들꽃 냄새인 듯한 냄새가 아련했던 것이다.

"이제 중의의 손 냄새를 확인해 주십시오."

윤도가 중의를 밀었다. 중의는 황망해했지만 거부할 수 없었다. 상무위원이 이미 그 손을 잡은 까닭이었다.

"큼큼!"

상무위원의 코가 두어 번 벌름거렸다. 그걸로 끝이었다. 산해경의 영약이었으니 냄새도 남달랐다. 비록 아련했지만 놓칠 수 있는 냄새가 아니었다.

"쑨 의원?"

상무위원의 눈빛이 도끼날처럼 빛났다.

"당신이 정녕?"

"……"

"내 체면을 망칠 셈이오?"

"대인!"

중의의 눈빛이 속절없이 꺾였다.

"어허!"

한 번 더 호통이 따르자 중의의 실토가 나왔다. 수행원이 그의 객실로 가서 가방을 들고 왔다. 그 안에서 영약의 작은 조각이 나왔다.

"설명해 보시오."

상무위원의 불호령이 떨어졌다.

"용서하십시오. 새 치아가 나는 명약이라기에 대인의 안위가 걱정되어 본국에 가서 분석해 볼 생각으로 미량을……"

"안위가 아니라 성분 분석으로 같은 약을 만들려는 생각이었겠지요?"

윤도가 돌직구를 날렸다.

"한의의 말이 사실이오?"

"……"

"허어, 이런 낭패를 봤나? 남의 나라에서 귀인을 만났거늘 그 비방을 시새워해 도둑질하려 하다니……."

"이 일은 제 불찰입니다. 하지만 한의의 혀에 속지 마십시오. 이것이 진정한 비방이라면 이만한 오차로 치아가 나지 않을 수 없습니다."

"한의?"

상무위원이 윤도를 바라보았다.

"중의는 사실을 호도하고 있습니다. 비방이 왜 비방이겠습니까? 치밀한 구성으로 완성한 약재입니다. 비방에서 일부란 새의 칼깃을 잘라내는 것과 같으니 칼깃 잘린 새는 비상할 수 없습니다."

"이봐, 한의!"

중의가 윤도를 노려보았다.

"대인!"

윤도는 중의를 무시한 채 상무위원을 주목했다.

"뭔가?"

"지금 그 나머지를 물어주십시오. 하늘이 대인께 허락한 묘방이기에 치아 생성의 완성을 도울 것입니다."

"지금 말인가?"

"예. 더 늦기 전에……."

윤도의 말은 더 없이 정중했다. 작은 조각을 물끄러미 바라보던 상무위원. 어금니의 부분 틀니를 빼내고서 우묵하게 물었다.

시간이 흘러갔다. 윤도와 중의는 칼날 신경전을 펼치며 상무위원을 바라보았다. 윤도의 소망은 새 치아, 중의의 바람은 No였다. 두 바람이 충돌하는 가운데 시간이 흘러갔다.

30분.

60분…….

"다 녹은 것 같네만."

한 시간이 지나자 상무위원이 입을 열었다.

"확인해 보겠습니다."

윤도가 청하자 상무위원이 다시 입을 벌렸다. 치아가 나는 흔적은 없었다.

"보십시오. 이는 저 한의의 잔꾀에 불과합니다. 그게 진짜 영약이라면 이미 치아가 났어야 했습니다."

중의가 반격에 나섰다. 상무위원은 손가락을 넣어 잇몸을 확인했다. 잡히는 건 잇몸뿐이었다.

"한의!"

상무위원의 목소리가 묵직하게 변했다. 윤도에게 나쁜 징조였다.

"아무래도 치아 건은 우리 중의 말이 맞는 것 같소만?"

"그건……."

"이 일의 시작이 이 회장이니 이 회장에게 따로 묻겠소. 한의는 돌아가시오."

"대인……."

"내가 어리석었소. 이 나이에 새 치아라니."

"……."

"한의를 밖으로 모시고 이 회장에게 핫라인을 연결하도록."

상무위원이 잘라 말했다. 두 수행원이 다가와 윤도의 양팔을 제압했다. 진 비서가 핸드폰 번호를 눌러 상무위원에게 건네주었다.

'젠장!'

낭패감이 머리를 치고 갔다. 일이 꼬여 버렸다. 그것도 단단히 꼬였다. 지금쯤 춘풍을 기대하고 있을 이 회장이었다. 그런데 이렇게 되었다. 이제는 오히려 시도하지 않은 것만도 못한 일이 될 꼴이었다.

그런데…….

"억!"

전화를 넘겨받은 상무위원이 비명과 함께 전화기를 떨어뜨렸다.

"대인!"

진 비서가 달려들었다.

"어억!"

상무위원은 턱을 주무르며 인상을 찡그렸다. 그러자 벌어진 입에서 혈흔이 밀려나왔다.

"부작용인가 봅니다. 비키세요."

중의가 다가섰다.

"잠깐……."

상무위원이 손을 내밀었다. 진료를 하려던 중의가 주춤 물러섰다. 상무위원은 짭짭 소리를 내보더니 손가락을 입안에 넣었다.

"……?"

이번에는 반대편 잇몸을 만져보는 상무위원. 한 번 더 피를 내뱉더니 책상의 손거울을 잡아당겼다.

"……?"

입을 벌려본 그의 눈이 휘둥그레졌다. 이어 어린아이처럼 윤도를 향해 순한 말 한마디를 던졌다.

"치아가 난 거 같소."

"……?"

"치아가 난 거 같소."

그 한마디로 분위기가 급변했다. 수행원들은 윤도의 팔을 놓았고 윤도는 상무위원에게 다가섰다. 입을 벌리고 확인했다. 보였다. 혈흔 사이로 봉긋 고개를 내민 새 치아의 흔적들. 몇 번을 봐도 그건 치아가 분명했다. 영약이 비로소 통한 것이다.

'아자!'

윤도는 내심 주먹을 쥐고 쾌재를 불렀다.

"대인!"

한 걸음 물러선 윤도가 정식으로 축하를 해주었다.

"축하드립니다. 과연 영약의 주인이셨습니다."

"한의……."

상무위원은 경련하는 손으로 거울을 잡았다. 하얗게 올라온 치아를 한 번 더 확인하는 상무위원.

"오오오!"

그는 비명 같은 경탄을 터뜨리며 윤도 손을 잡았다.

"고맙소. 진심으로 고맙소. 당신이야말로 진정한 명의요, 명의!"

상무위원은 윤도 손을 잡고 놓지 않았다. 그 뒤에 선 중의 쑨춰앤의 얼굴은 지옥으로 추락하고 있었다.

'철심석장(鐵心石腸)'

쑨춰앤의 머리를 치고 들어온 단어였다. 쇠 같은 마음에 돌 같은 창자라는 뜻으로, 지조가 강철 같아 흔들림 없는 사람을 이르는 말. 쑨춰앤은 속절없이 그 단어만을 곱씹어댈 뿐이었다.

*   *   *

"채 선생님!"

창가 테이블의 부용이 손을 흔들었다. 호텔 라운지의 레스토랑은 품격이 넘쳤다. 거기 이 회장이 있었다. 윤도의 연락을 받은 부용은 저녁 스케줄을 취소하고 달려왔다. 이 회장도 그랬다.

"채 선생."

자리에서 일어선 이 회장이 손을 내밀었다. 마주 잡는 손은 묵직하기 그지없었다.

"자오후닝 상무위원 비서에게 연락을 받았네. 수고 많았어."

"한의사로서 환자를 도운 것뿐입니다."

"그냥 환자가 아니지 않나? 무려 새 치아가 난 일이야. 의치도 아니고……."

"아무튼 잘되어서 다행입니다."

"대인이 무척이나 고무되어 있더군. 내일 본국으로 가기 전에 한턱낸다고 초대까지 했다네. 감이 아주 좋네."

"예……."

"아버지."

부용이 슬쩍 눈치를 주었다. 이 회장은 그제야 자신이 아직도 서 있는 걸 알았다. 그만큼 엄청난 성과를 이룬 윤도였다.

"어이쿠, 내 정신머리… 앉게. 앉자고."

이 회장이 윤도에게 자리를 권했다. 부용의 옆이었다.

"대인께서 채 선생에게 완전히 매료되었더군. 의술도 의술이지만 신념 어린 카리스마에 놀랐다며……."

"별일 아니었는데……."

"지난번 일화는 김 전무에게 들었네만 오늘은 무슨 일이었나?"

"난치병을 치료하는 과정에서 흔히 생기는 의심 같은 겁니다. 환자와 의사의 신뢰가 완전하지 않을 때 일어나는……."

"대략 이해는 가네. 치아가 난다는 거, 쉽게 믿기 어렵지 않겠나?"

"……"

"대인 말로는 중국에서 난다 긴다 하는 중의까지도 채 실장이 혼쭐을 냈다고 하던데?"

"그건 과찬이시고 진료 참견을 하길래 몇 마디 해준 것뿐입니다."

"좋아. 그 정도는 되어야 우리 태산전자의 의무실장이지."

이 회장의 표정은 끝 간 데 없이 뿌듯했다.

"아버지, 이제 그만하시고 채 선생님 술이라도 한 잔 드리세요. 큰일 하신 분을 모셔놓고……"

다시 부용이 주의를 환기시켰다.

"알았다. 알았어. 내가 놀라서 이러는 거 아니냐? 내 비즈니스에서 미인계니 이간계니 하는 들어봤어도 의술계는 처음이구나. 그러다 보니……"

꼴꼴꼴!

샴페인이 따라졌다. 투명한 황색을 띄는 빛은 저절로 달콤해 보였다. 빛나는 전공 뒤의 한 잔. 술이 백약(百藥)의 으뜸이라는 건 이럴 때를 위한 말이었다.

3. 환상의 혈자리

챙!

잔을 부딪쳤다. 샴페인은 저 깊은 심연까지 통쾌하게 자극했다.

"많이 드시게. 이 호텔 메뉴 전부를 먹어도 좋네."

이 회장은 여전히 흥분 상태였다. 흐트러짐 없는 얼굴에서는 미소가 가시지 않았다. 하지만 음식은 고루 먹지 못했다. 치아 때문이다. 이 회장은 사실 치아를 양보할 처지가 아니었다.

"저는 회장님이 더 대단하다고 생각합니다."

윤도가 운을 뗐다.

"내가?"

"치아 영약 말입니다. 실은 회장님에게 더 필요하지 않았습니까?"

"물론 나도 필요했지."

이 회장이 웃었다.

"그런데……."

윤도가 뒷말을 흐렸다. 그는 이미 대한민국 대표 기업가의 한 사람. 돈으로 치면 아쉬울 것도 없는 인생이었다. 중국 제2공장 진출이 중요하다지만 사세에 비춰볼 때 목숨 걸 정도는 아니었다.

이제 젊은 나이도 아닌 이 회장… 윤도는 기억하고 있었다. 현재 목숨이 경각에 달린 국내 굴지의 대기업 회장 몇 사람. 단 하루의 건강한 생활이 그리운 그 사람들. 그들에게 건강을 돌려준다고 하면 중국에 지은 공장을 팔아서라도 응할 일이었다.

그렇게 보면 이 회장도 자신의 건강이 우선이었다. 건강을 잃은 자, 모든 것을 잃은 거라는 말도 있지 않은가? 그렇기에 영약은 그가 먹는 게 옳았다. 하지만 그러지 않았다. 영약조차 사업에 투자를 한 것이다.

"채 실장."

이 회장이 고개를 반듯이 세웠다.

"예."

"채 실장 같은 의재는 예외지만 한의사도 장이가 아닐까 싶네만."

'장이?'

"간단히 말해서 기술자 말일세. 의술… 경영술… 그런 선상에서 보면 다 장이가 되는 거지. 자기 일에 승부욕을 가지고 매진하는……"

"……"

"장이들은 말일세, 소위 근성이라는 게 있지 않나? 예감이다 싶으면 어떻게든 성취하고 싶은 거. 이를 테면 채 선생이 여러 고난을 무릅쓰고 환자를 고친 후에 도달하는 숭고한 성취감 말일세. 나도 마찬가지라네."

"……"

"그렇기에 때로는 자신의 몸을 해쳐서라도 배팅을 하는 거지. 그 투자가 성공했을 때의 쾌감이란 한의사가 죽은 사람 살렸을 때의 기쁨과 다르지 않을 걸세. 그러니 어찌 내 몸을 앞세우겠는가?"

'아!'

윤도 뇌리에 감탄이 스쳐 갔다. 한의사로 치면 그 역시 명의 위의 신의였다. 아니 천의라고 해도 무방할 정도의 경지였다. 과연, 세계적인 대기업의 수장은 아무나 되는 게 아니었다.

"미안하지만 나는 그만 가봐야겠네. 내일 전략도 좀 짜야 하고… 부용이 네가 좀 수고를 하려무나. 우리 채 실장 팍팍 좀 챙기고."

이 회장이 먼저 일어섰다.

"걱정 마시고 들어가세요."

부용이 화답했다.

"그럼 연수 끝나고 보세나."

이 회장은 각별한 인사를 남기고 레스토랑을 나갔다.

"선생님."

옆자리의 부용이 윤도 쪽으로 바짝 다가앉았다.

"네?"

"얘기 좀 자세히 해주세요. 진짜 치아가 낳어요? 진짜 중국 한의사까지 와서 선생님을 몰아붙였어요?"

"그건……."

"말해주세요. 굉장히 궁금해요."

"중의는 대인의 주치의인데 제 처방과 침술에 호기심이 있었던 모양입니다. 하지만 본시 영약이란 나눠 먹으면 안 되는 것인데 중의가 일부를 떼어내는 바람에 탈이 났던 거죠."

"와아, 나쁜 사람이네요."

"대개 난치병이나 불치병 비방은 다들 궁금해합니다. 중의 말대로 혹시나 허튼 처방으로 대인의 건강을 해칠까 싶은 의심도 있기는 했겠지요. 하지만 그건 정말 불손한 생각입니다. 의술을 펼치는 자라면 환자를 해치는 일은 하지 않습니다."

"정말 대단해요. 장침 하나 품고 혈혈단신으로 중국의 백만 대군을 물리치다니."

"백만 대군까지는."

"아니면요? 상무위원이 보통 권력인 줄 아세요. 솔직히 그분 하나면 백만 대군보다도 더 강력한 파워라고요. 우리 아버지도 물로 보는 거 보면 아시잖아요? 다른 나라라면 대통령이 와서 아버지 만나려고 난리를 치는 판인데."

"아무튼 잘되어서 다행입니다."

"아버지도 없으니 우리 본격적으로 달려요. 오늘은 진짜 술 땡기는데요?"

"그럴까요?"

"술 바꿔요. 샴페인으로 달리기는 좀 그렇잖아요?"

"그러죠, 뭐."

부용의 선택은 꼬냑이었다. 그녀답게 개성 만점인 레미 마르땡이 나왔다. 향이 좋아 거부감이 없었다.

"건배!"

부용이 잔을 들었다. 그녀가 잔을 비우면 윤도도 비웠다.

"부용 씨."

술잔을 내려놓은 윤도가 부용을 바라보았다.

"왜요?"

"촬영 지도는 진짜 안 해줄 거예요?"

"걱정되세요?"

"프로그램이 명의열전이라니 조금은……."

"그렇잖아도 담당 피디에게 경고 들어왔어요."

"예?"

"구대홍 환자 나오는 거 본 모양이더라고요. 선생님 이미지가 순수하면서도 의술 카리스마가 넘친다고 공연한 테크닉 같은 거 입히지 말아달라던데요."

"……."

"그러니 편안하게 술이나 드세요. 단 내일부터는 금주예요. 연속으로 달리면 화면발이 안 받을 수 있어요."

"이거 뭔가 음모에 말려드는 느낌인데⋯⋯."

"음모라면 시청률이겠죠. 제가 보증하는데 선생님은 잘해낼 거예요. 다른 프로그램에 나오는 일부 명의처럼 만들어진 명의가 아니잖아요."

"명의도 만들어져요?"

"이건 비밀인데⋯ 방송은 뭐든 만들 수 있어요."

부용이 생긋 웃었다.

"⋯⋯."

"하지만 선생님 상대는 허접이 아닐 거예요. 피디들이 선생님 실력 인정한 데다 개편 첫 회 아니면 2회 차 방영분이라서 제대로 된 상대를 붙일 게 확실해요."

"⋯⋯."

"겁나요?"

"아뇨. 의술은 경쟁하지 않습니다. 제 앞의 환자에게 최선을 다할 뿐."

"그럴 줄 알았어요. 마셔요."

부용은 원샷으로 달렸다. 하지만 오래가지 않았다. 그녀의 주량은 생각보다 세지 못했다. 징조는 화장실이었다. 볼일을 위해 일어서던 그녀가 삐끗 흔들렸다. 그 바람에 엉거주춤 윤도 품에 안기고 말았다.

"괜찮아요?"

그녀를 부축한 윤도가 물었다.

"노 프라블럼."

부용은 꿋꿋한 척 웃었지만 결코 노 프라블럼이 아니었다. 거푸 원샷으로 들이킨 꼬냑. 그게 결정타가 되었다. 부용은 결국 화장실에서 많은 것을 반납하고 돌아왔다. 윤도를 위해 무리수를 둔 부용이었다.

"괜찮아요?"

"어우, 전에는 이렇지 않았는데… 저도 늙었을까요?"

"푸웃."

귀여운 모습에 윤도가 빵 터지고 말았다. 이럴 때는 그녀도 결국 천상 여자였다.

"그만 나가요."

윤도가 부용을 부축해 세웠다. 또 한 번 그녀의 몸이 닿자 윤도 가슴이 벌떡거렸다. 그녀의 향이 윤도의 정신을 아뜩하게 흔들었다.

땡!

문이 열린 엘리베이터에 올랐다. 부용은 비틀, 윤도에게 기댔다. 기댄 시선이 윤도에게 올라왔다. 자연스레 밀착된 부용. 단아한 향수 냄새와 함께 그녀의 독특한 인향이 후각을 치고 들어왔다.

심쿵!

밀폐된 공간 때문일까? 그 단어가 윤도의 심장 안에서 춤추기 시작했다.

"힘들어요?"

윤도가 물었다. 마음을 감추려는 의도였다.

"채 선생님이 더 힘들어 보이는데요?"

"내가요?"

"네."

"나는 안 취했어요."

"술 말고요."

"……."

잠시 어색한 찰라, 그녀의 손이 버튼을 눌러 버렸다. 호텔 층이었다.

"부용 씨."

"촬영 팁 알려 드릴게요."

"지금요?"

"네."

"여기서요?"

"겁나요?"

"그건 아니지만……."

"그럼 됐어요."

윤도를 올려 보는 부용의 눈은 갈매도 첫새벽 하늘에 뜬 샛별 같았다. 너무 맑아 뭐라 말할 수 없는. 너무 잔잔해 오히려 끌려들 것만 같은… 윤도를 마비시키는 그 별빛…….

이심전심(以心傳心).

촬영 팁.

부용의 뜻은 단어에 있지 않았다.

촬영 팁.

윤도 역시 그걸 모를 리 없었다. 이 순간 두 젊은 몸과 마음은 말없이도 저절로 통하고 있었다.

딸깍!

문이 열렸다. 호텔 층이었다.

딸깍!

문이 닫혔다. 호텔 방이었다.

불은 켜지 않아도 되었다. 대형 창을 타고 도시의 야경이 넘어왔다. 저절로 분위기 있는 조명이었다. 부용이 윤도에게 안겼다. 아득한 객실 분위기가 윤도의 심쿵을 자꾸만 끌어 올렸다. 심장은 윤도 스포츠카의 W 타입 엔진처럼 제대로 뛰었다. W 타입 엔진은 막강하다. L 타입이나 V 타입과는 비교조차 거부한다. 달리고 달려도 지치지 않은 최고의 명품 엔진.

그녀와 밀착되자 남자의 상징에 불이 들어왔다. 파랑주의보가 내린 날, 갈매도 파도처럼 으르렁거리기 시작했다. 파도는 이내 거친 해일로 변했다.

윤도가 그녀를 안아 들었다. 이제 둘은 침대에 있었다. 옷은 다 벗기지 않았다. 침대 밑으로 흘러내린 건 부용의 스커트와 얇은 속옷이었다. 윤도 역시 하의만을 벗어 던졌을 뿐이다.

윤도가 준 영약 때문이었을까? 그녀의 피부는 은은한 빛이 났다. 그 빛을 따라 쇄골을 지났다. 그 아래로 이어지는 봉긋한 가슴을 거칠게 헤쳤다. 브래지어를 올리고 봉긋한 가슴을

애무했다. 부용은 격정적이었다. 윤도 못지않은 크고 높은 해일이 그녀의 온몸에 있었다.

상전벽해.

그 단어가 적절했다. 바다가 변하여 뽕나무밭이 된다더니 부용의 그곳은 갈매도 별장에서 정신병을 내치려고 장침을 놓으며 본 것과는 천지 차이였다.

윤도의 중심은 마침내 하나의 장침이 되었다. 그 장침이 겨누는 혈자리는 오직 하나였다. 부용의 중심. 촉촉하게 긴장을 풀고 윤도를 받아들일 준비가 끝난 혈자리. 이름하여 지상에서 가장 황홀한 꿀 혈자리. 약간의 자극에도 출렁거리는 혈자리를 향해 윤도의 장침이 공세를 뿜었다. 부드럽지만 임팩트가 강력한 공세였다.

"아!"

부용의 입에서 신음이 새었다. 동시에 그녀의 두 손이 깍지를 끼고 윤도 등을 당겼다. 혈자리의 끝까지 장침을 받으려는 몸짓이었다. 혈자리 안에서 윤도의 장침은 이제 W 엔진이 되었다. 부용은 한 몸이 되어 엔진을 자극했다. 무한 폭발 직전이었다.

"아아!"

부용의 신음이 폭발을 재촉하는 촉매가 되었다. 촉매와 함께 윤도는 마침내 폭발했다. 그녀의 가장 깊은 곳. 그 안에서의 작렬이었다.

콰쾅— 쾅!

폭발은 홍수를 쏟아냈다. 부용의 빈 곳을 다 채우려는 듯.

그녀의 촬영 팁은 파라다이스 이상이었다. 천국을 보여준 것이다.

쪽!

폭발이 마무리되었을 때 부용의 키스가 들어왔다. 윤도도 그녀의 입술에 화답했다. 그런 다음에야 그대로 늘어졌다. 연수 생활의 긴장과 부용에 대한 긴장, 거기에 중국 상무위원과의 승부수에 취기가 겹치자 노곤해진 것이다. 그녀의 위… 부용의 냄새는 이제 나른했다.

고마워요.

나의 일상들…….

선생님이 돌려준 모든 일상들…….

고마워요.

꿈속에 그녀의 목소리가 들렸다. 아니, 꿈인지 생시인지는 분명치 않았다. 그 판타지 같은 기분은 모닝 벨소리가 밀어내 주었다.

"……?"

눈을 떴다. 잠시 멍을 때렸다. 집이 아니었다. 병원도 아니었다.

"……!"

그제야 상황을 깨닫고 벌떡 몸을 세웠다.

"……!"

옆자리는 비어 있었다.

'꿈?'

멍한 시선으로 핸드폰을 잡았다. 문자가 있었다.

[아침 스케줄이 있어서 먼저 가요. 너무 좋은 밤이었어요. 선생님도 그랬기를 바라요.]

새벽 2시 40분.

부용의 문자였다. 문자에서 그녀가 아른거렸다. 냄새가 났다. 두 해일로 충돌하며 열정을 불사른 부용, 그녀답게 쿨한 퇴장이었다.

어쩌면 윤도에 대한 배려일 수 있었다. 이 아침, 그녀와 함께 눈을 뜨면 얼마나 어색했을까?

[좋은 밤이었어요. 부용 씨도 그랬기를 바라요.]

부용과 같은 답문을 보내고, 그녀처럼 쿨하게 일어섰다.

대한민국.

아픈 사람은 많고 윤도의 장침을 기다리는 사람도 많았다.

4. 병을 고치면 죽는 남자

딸깍!

상담실에 들어섰다. 잠시 불을 켜지 않았다. 대충 가운을 걸치고 차트를 펼쳤다. 두 남자가 나왔다. 둘이 합쳐 11번의 이혼을 한 사람들……. 소위 고개 숙인 남자들. 바람 빠진 튜브가 어떻게든 채워지지 않는 남자들…….

'마지막……'

윤도는 생각했다. 이 두 환자가 연수 생활의 마지막 환자가 될 것 같다고. 그렇기에 두 암 환자처럼 최선을 다하고 싶었다.

발기불능.

한방에서는 양위(陽痿)라고도 한다. 무슨 그라가 나오면서 양위의 고민도 많이 해결되었다. 그 덕분에 보양식 시장도 거센 변화가 불어닥쳤다. 해구신이며 뱀탕, 보신탕 등의 수요가 줄었다고 한다. 하지만 많은 남자들은 무슨 그라에 만족하지 못했다. 우선 구매 과정이 그랬다. 무슨 그라를 사려면 의사의 진단을 받아야 했다. 그 과정이 싫었다.

나 고개 숙인 남자요.

그 말은, 같은 남자 의사에게 하기 싫은 사람도 많았다. 그 자존심은 약국에서 또 한 번 결정타를 받는다. 아무래도 다른 약을 받을 때보다 편치 않았다. 혹 눈치 없는 약사가 약 이름을 말할 때는 얼굴이 화끈거리는 일도 많았다.

그걸 노린 짝퉁들이 활개를 쳤다. 돈만 주면 구할 수 있는 장점 때문이었다. 묻지도 따지지도 않았다. 그렇게 구한 약들이 정품과 같을 리 없었다. 부작용 뉴스를 들으면 겁이 났다.

게다가 선천적으로 무슨 그라를 먹을 수 없는 사람들도 많았다. 대표적인 게 심장 질환이었다. 그러다 보니 최고의 방책으로 회춘이 꼽혔다. 약 없이 홀로 설 수 있는 법. 발기불능의 사유야 하고 많지만 갱년기나 심신 쇠약, 노화 등의 원인도 많은 까닭이었다.

'한창때는 연타로 더블헤더 등판도 가능했는데……'

'구장에 따라 하루 대여섯 번도 등판도 가능했는데……'

그 왕성하던 회춘을 꿈꾸는 사람은 의외로 많았다. 평균수명이 확 늘어난 까닭이었다.

남자들은 그렇다. 한창때는 생각하지 못하지만 나이가 들면 간절해지는 것. 소방 호스처럼 빡세게 나가는 오줌발과, 원하는 곳에서 발딱 일어서는 자존심… 그 '소박'한 원초를 되찾고 싶은 것이다.

고환통도 크게 다르지 않았다. 뭉긋하게 우러나오는 통증. 때때로 신경이 쓰이는 '알 덩어리'의 아픔. 그 또한 말 못 할 고민에 다름 아니었다.

오전은 시침 오후는 약재와 미용침, 치료 사례 연수.

남은 시간표를 쪼개 시침에 나섰다. 이제 연수의 막바지. 위상이 높아지면서 병원 생활이 즐거워졌지만 머잖아 이별이었다. 정들만 하면 떠난다더니 그 말이 딱이었다.

선택된 차트의 환자들 병실을 돌았다.

이명 환자는 귀 옆의 이문, 천궁, 청회혈을 잡았다. 귀는 신장에 속하기에 신주혈과 신수혈에도 장침을 넣었다. 신(腎)을 따라가면 귀가 나오는 법이다.

한 불면증 환자에게는 일침사혈이 들어갔다. 손목의 신문혈에서 음극, 통리를 지나 영도혈에 다다른 것이다. 이 환자에게는 신경쇠약까지 있었으니 명침이 될 혈자리였다.

산후어혈 환자는 기문에 장침을 넣었다. 본시 기문은 뜸자리로 좋은 곳이다. 그렇기에 화침으로 들어갔다. 윤도의 손가락이 알아서 조절했다. 기문혈은 간경의 모혈로 간 질환과 소화기 병에도 특효로 꼽힌다. 환자의 어혈은 시원하게 내려갔다. 기문이 간경이고 간경은 생식기와 연결된 까닭이었다.

병실을 돌며 환자를 시침했다. 모두 일침즉쾌였다. 자기주도로 하는 시침이니 거칠 것도 없었다.

고맙습니다.

고맙습니다.

윤도가 가는 병실마다 인사 꽃이 피었다. 마음을 데우는 꽃이었다.

인사의 마지막은 원인 불명의 두통을 달고 사는 환자였다. 세상에는 작은 고질병을 달고 사는 사람이 너무 많다. 조금 참으면 된다는 이유로 삶의 질을 망가뜨리는 작은 고질병들. 진료가 끝난 차트를 안미란에게 넘겼다. 이 병원 모든 환자를 돌보지 못한다는 게 아쉬울 뿐이었다.

"여기예요."

안미란이 발기부전 환자 병실을 가리켰다. 이제 남은 차트는 딱 둘이었다.

"안녕하세요?"

윤도가 작가 환자에게 인사를 했다. 책을 보던 남자가 윤도를 돌아보았다.

님의 침묵.

바람과 하늘과 별과 시.

오래된 시집들이었다.

"채 선생님?"

환자가 반색을 했다.

"저 아세요?"

윤도가 묻자.

"그럼요. 소문 듣고 얼마나 기다렸는데요."

…하고 혼자 웃는 작가. 중후한 미소가 장년의 멋을 느끼게 해주는 남자였다. 반면 몸은 부실해 보였다. 얼굴은 검고 자주 무릎을 주무르는 데다 머리카락에 윤기도 없었다. 신장이 굉장히 나쁘다는 반증이었다.

"시범 치료 케이스로 장침 좀 놔보려고 하는데 괜찮겠어요?"

"아이고, 괜찮다마다요. 로또 맞은 기분이네요. 지금 맞을까요?"

작가는 행여 행운을 놓칠까 옷 벗을 자세부터 취했다.

"진맥부터 좀 보겠습니다."

"그러세요. 얼마든지."

작가가 손을 내밀었다.

"……"

진맥으로 오장을 살폈다. 비장과 간장은 괜찮았다. 예상대로 신장과 전립선 문제였다.

"가슴 아파요?"

"네."

"배도 가끔 아프죠?"

"네."

작가는 신음허(腎陰虛)로 보였다.

음허는 장부에 음양의 음(陰)이 부족하다는 의미였다.

인간은 본래 음양을 바탕으로 태어난다. 양기는 크게 부족함이 없지만 음기는 늘 부족한 편이다. 그걸 주장한 사람이 원나라의 명의 주진형이었다. 창작이나 인기를 먹고 사는 직업은 이 음으로 인한 질병을 조심해야 한다. 자칫하면 오장을 해치는 오로증이 다 걸릴 수 있다.

—아이디어를 짜느라 신경을 너무 쓰다 보면 간로.

—생각이 많아 심장이 약해지면 심로.

—실현될 수 없는 일에 집착하다 보면 비로.

—미래의 일에 근심 걱정이 지나치면 폐로.

—프라이드와 지조에 지나치게 연연하다 신로.

이러다 보면 발기불능에 정액이 저절로 나오거나 양이 줄고 소변을 봐도 오줌발이 신통치가 않다.

—신음허에서 시작된 전립선염에 의한 발기부전.

진단이 나왔다.

전립선.

선조직과 근육조직으로 이루어졌다. 그 비율은 보통 2 : 1이다. 그러나 비대가 일어나면 비율이 역전되어 1 : 5 정도로 변한다. 이 비대는 전립선의 중엽과 측엽에서 일어난다. 암은 후엽에서 잘 발생되는 것으로 알려져 있다. 전립선이 커지면 당연히 요도가 압박을 받는다.

'신수, 기해, 곡골, 삼음교.'

자침 혈자리를 찾아냈다. 그런 다음 기왕의 치료 차트를 확인했다. 진단 자체는 비슷했다. 다만 자침 혈자리는 달랐다. 조 과장의 침은 기해, 차료, 신문, 삼음교로 들어갔다. 기해혈은 뜸이었다. 처방된 약은 기양신기전이다. 신음허를 보하는 탕제이니 나쁘지 않았다.

그렇다면 그의 신장은 왜 망가졌을까? 작가이기에 베스트셀러 작품 부담에 스트레스 빵빵 받아서? 물론 그럴 수도 있었다. 하지만 환자의 진짜 원인은 다른 데 있었다.

"혹시 냉수욕 좋아하세요?"

"어, 어떻게 아셨어요?"

찬물 속에 오래 참고 있거나 습기가 많은 땅에 오래 앉아 있어도 신장은 상한다. 그렇기에 신장이 나쁜 사람은 물 온도가 낮은 날 해수욕을 즐기는 것도 좋지 않다. 차트에 없는 걸 윤도가 처음으로 알아낸 것이다.

"그게 집중이 잘 안 되어서 정신 좀 차리느라고… 그리고 항간에 정자 생산 온도가 체온보다 낮은 34도쯤 된다고 고추를 찬물로 씻으면 정력이 강해진다는 말도 있고……."

"그런 걸 다 믿으셨어요?"

"……."

"찬물 샤워가 필요하면 짧게 하세요. 오래 참고 있는 건 신장을 망치는 일이에요."

"네."

"소변 볼 때 뻐근하시죠? 물을 마시거나 샤워 같은 걸 해도 요의가 느껴지고 소변 줄기는 자주 끊기고요?"

"네."

"짝퉁 정력제 같은 거 드셨었어요?"

"…예."

"그런 것도 함부로 드시면 안 됩니다. 자칫하면 전립선이 펑!"

윤도가 폭발 흉내를 내자 환자가 움찔거렸다. 그나마 다행인 건 신장의 기혈이 쪼그라들었을지언정 망가지지는 않았다는 점. 윤도에게는 가능성이 분명했다.

"침놔 드리게 엎드리세요."

윤도가 장침을 뽑았다. 첫 타겟 혈자리는 신수혈이었다. 신수혈은 양손으로 허리를 잡았을 때 엄지가 닿는 곳에서 1~2㎝ 위에 위치한다. 자주 눌러주면 건강에 좋은 혈이다.

한방에서 신수혈은 음이 들어오는 길목이었다. 환자는 음이 부족하므로 그 문부터 열어놓았다.

덜컥!

덜컥!

가능한 한 활짝 열었다.

30분 후에 발침하고 복사뼈 위의 삼음교와 허벅지의 삼황혈에 장침을 넣었다. 삼음교와 삼황혈 모두 신장에 관여하는 혈자리였다.

작가의 시침은 그렇게 끝났다.

그런데…….

두 번째 환자인 가수는 처방이 많이 달랐다. 진맥을 오래했다. 문진도 많았다. 시침 역시 임맥의 관원혈을 중심으로 10여

개도 넘는 장침이 꽂혔다. 상료와 차료에도 넣었다. 다른 건 개수만이 아니었다. 사실 이 장침은 화려하지만 실속이 없었다. 허장성세(虛張聲勢)다. 알고 보면 그들 중 딱 하나만 제대로 된 시침이었다.

"아이고, 고맙습니다."

환자는 대중 가수라는 직업답게 굉장히 사교적이었다. 진료하는 동안에도 안미란에게 추파를 던졌다. 간호사에게도 그랬다. 윤도는 그가 내미는 음료수를 사양하고 치료를 끝냈다.

"저기……"

가수가 게슴츠레 윤도에게 다가앉았다.

"말씀하세요."

"이런 말 좀 그렇지만 제가 지금 20대 연하의 후배를 만나고 있는데……"

"……"

"다음 달에 유럽 여행을 가기로 했습니다. 과장님에게도 드린 말인데 그때까지 차도가 좀 생길 수 있을까요?"

"……"

"이거 남자 가오가 있지 어렵게 사귄 여자인데 존슨이 새끼 손가락 각으로 나와 거사를 망치면……"

가수가 손가락을 쫙 펴 보였다.

손가락.

흔히 손가락에 빗대 발기력을 설명한다. 엄지는 10대, 검지는 20대… 아래로 축 처진 새끼손가락은 50대 이후를 상징한다. 그렇다면 발기는 왜 중요할까? 성관계를 떠나 발기가 되어야 혈액 공급이 무난해진다. 발기되지 않는 거시기는 미량의 혈액만을 공급받는다. 이렇게 되면 거시기의 근육은 콜라겐에게 서서히 밀려난다. 이 콜라겐이 거시기를 구성하는 근육의 7할이 넘으면 완전한 발기불능이 된다. 좋게 보면 사리 나오는 수도자들과 같은 경지(?)가 되는 것이다. 문제는 평범한 수컷들이 원하는 일이 아니라는 사실.

내 얘기잖아?

…하고 기겁할 필요는 없다. 다행히 거시기는 은밀한 고독을 좋아하니 그 시간이 새벽이다. 평상시 발기가 되지 않는 사람도 새벽의 두세 시간 동안 저 홀로 불이 들어온다. 이때 산소와 영양을 공급받는다. 이에 대한 확인은 얇은 테이프를 붙이고 자보면 안다. 아침에 일어났을 때 테이프가 끊어져 있다면 그가 새벽 산책을 다녀갔다는 증거가 된다.

"최선을 다해보겠습니다."

윤도그 그 말로 답을 대신했다.

하루.

이틀.

그리고…….

그날이 왔다.

윤도의 연수 마감을 하루 앞둔 날…….

"선생님!"

장침을 들고 나올 때 안미란이 커피를 내밀었다.

"웬 거예요?"

"내일도 인사할 기회가 있겠지만 시침은 안 하실 테고……. 가운 입고 뵙는 것도 마지막 같아서요."

"작별 인사군요?"

"여기도 있어."

옆에서 송재균이 팔을 겹쳐왔다. 또 한 잔의 커피였다. 그것 말고도 커피는 많았다. 시침실의 백 간호사와 이 간호사가 그랬고, 구대홍과 류수완 등의 환자가 그랬다. 건강하게 자연분만에 성공한 산모도 직접 커피를 들고 왔다. 그 많은 커피를 한 모금씩 마시고 시침에 나섰다. 아직은 연수의 끝이 아니었다.

"선생님!"

윤도가 들어서자 작가가 반색을 했다. 그는 환자복 하의를 들추고 거시기를 보는 중이었다.

"고맙습니다. 오늘 아침에 젊을 때 이후 처음으로 변기를 뚫었습니다."

환자의 목소리가 높았다. 어제 비로소 다르게 들어간 장침. 기해와 곡골, 삼음교혈 자리를 차지한 침이 일침즉쾌를 부른 모양이었다.

"그리고……."

환자가 윤도를 당겨 귀엣말을 해주었다.

—새벽에 여기 불이 제대로 들어왔어요.

─민망하지만 조금 전 저 앞 환자 문병객이 미니스커트를 입고 왔는데 그걸 보고서도 벌떡…….

─그래서 친구 놈들이 보내줬던 야동을 보았는데 거기서도 벌떡.

작가가 얼굴을 붉혔다. 변기를 뚫은 건 오줌발이 세졌다는 뜻이었다.

"침이 잘 들었습니다. 앞으로는 냉수욕 짧게 하시고 운동 적절하게 하세요. 토마토 같은 것도 즐기시고요."

토마토는 전립선의 명약이다. 토마토가 많이 팔리면 의사들 주머니가 가벼워진다는 말이 나올 정도였다.

"걱정 마세요. 내가 다른 의사들 말은 안 들어도 선생님 말은 무조건 들을 겁니다. 저 이제 그 사람에게 청혼할 수 있을 거 같습니다. 진짜 명의시네요. 명의 같은 건 소설에나 나오는 단어로 알았는데……."

작가는 좋아 어쩔 줄을 몰랐다.

신수혈 집중 공략 덕분이었다. 음기의 문을 활짝 열어 음을 채웠다. 그다음에 전립선을 공략했다. 음의 에너지를 등에 업은 혈자리들은 마침내 음양의 조화를 이루었다. 시든 꽃에 생기가 돌아온 것이다.

"두 달쯤 후에 오셔서 같은 시침을 받고 가세요. 그럼 오래오래 괜찮을 겁니다."

그 말을 끝으로 작가의 병실을 나왔다.

"역시 선생님."

안미란이 엄지를 세워주었다. 윤도의 쾌거는 늘 그녀의 긍지였다.

다음에는 가수 차례였다. 이번에도 물량 공세의 장침을 꽂았다.

"어떠세요?"

윤도가 가수에게 물었다. 안미란은 청각을 곤두세웠다. 어쩌면 그의 물건은 '완치'에 도달해 속옷을 뚫고 나왔을 것만 같았다.

하지만!

"고환 아픈 건 나은 거 같은데 거시기는 불이 들어오려다……."

환자의 대답은 시들했다.

"고질병이라 금세 낫지 않습니다. 같은 방식으로 계속 맞으시면 차츰 호전될 겁니다."

"그게 얼마나 걸리는데요?"

"한 6개월은……."

"으억, 6개월씩이나?"

"그 안에는 자위나 몽정도 안 됩니다. 야한 생각 하시면 치명적이니까 가급적 생산적이거나 활동적인 일을 하면서 성에 대한 욕망은 내려놓으시기 바랍니다."

"그럼 유럽 여행은요?"

"힐링 여행으로 가시면 안 될까요?"

"나는 이걸 써야 진정한 힐링인데……."

가수 얼굴이 흙빛으로 변했다. 그의 상상 속에서 벌거벗고 있던 20살 차이 영계가 옷을 입기 시작했다. 차곡차곡 겹쳐 입은 옷은 눈밭을 굴러도 될 정도였다. 가수의 섹스 여행은 그렇게 물 건너가고 있었다.

"으아, 진짜 폭망이네. 침술 명의라기에 기대했더니……."

가수의 몸서리가 병실을 울렸다.

"그럼 시범 시침은 이걸로 끝내겠습니다."

윤도가 돌아 나왔다. 안미란은 황당했다. 앞선 작가에 비해 더 많은 투자를 한 장침. 그런데 고환의 차도 외에는 거의 없다니.

"선생님."

안미란이 쫓아 나왔다.

"왜요?"

윤도가 돌아보았다. 묻고 싶은 말을 안다는 눈치였다.

"저 모르는 뭔가 있죠? 그렇죠?"

"맞아요."

"궁금해서 미칠 거 같아요. 좀 알려주세요."

"공기가 안 좋은데 잠깐 바람 쐬러 갈래요?"

윤도는 병원 산책로로 나왔다. 초록이 좋았다.

"이제 말해주세요. 뭐죠?"

안미란이 윤도를 재촉했다.

"사실 저는 두 사람 다 좋은 결과를 안겨주었어요."

윤도가 잔잔하게 웃었다.

"두 사람 다라고요?"

"한 사람은 성기능 장애를 바로잡아 주었고, 또 한 사람은 머잖아 죽을 목숨을 세이브시켜 주었거든요."

"죽, 죽어요?"

안미란이 하얗게 질렸다.

"네."

"어, 어째서요?"

묻는 안미란의 목소리가 파르르 떨렸다.

"첫 번째 환자는 발기부전이지만 신 그 자체는 괜찮았어요. 음기만 보충되면 될 일이었거든요. 그래서 신수혈 문을 활짝 열어 음을 잘 받을 수 있게 해주었지요. 그 후에 전립선 비대를 잡는 건 큰 문제가 아니었습니다."

"……"

"그분은 이제 한 10여 년 정도 부부 생활을 잘할 수 있을 겁니다. 소변도 찔끔거리지 않고 잘 보고요. 그 후의 일은 저도 모르죠. 나이도 있고, 또 어떤 일상을 살아갈지 모르니까요."

"두 번째 환자는요?"

"그 환자는 앞 환자와 근본이 달랐어요. 신의 정기가 바닥까지 피폐해졌거든요."

"피폐?"

"맥 잡아보셨어요?"

"네."

"신기(腎氣) 어땠어요?"

"좋지는 않았어요."

"삼음교혈 봤어요?"

"거기까지는……."

"삼음교는 3개의 음경락이 교차하는 혈자리잖아요. 비장, 간장, 신장으로 통하는 3개의 음경락이 지나가지요. 비뇨생식기가 안 좋으면 움푹 들어가는데 거짓말 좀 보태서 싱크홀 수준이었어요. 당연히 석맥도 문제였고요."

"선생님 장침으로도 안 되는 건가요?"

"아뇨. 크게 어려운 건 아닙니다."

"그런데 왜?"

"혹시 편작 아버지의 천식 일화를 아세요?"

"네."

"거기 보면 일병장수(一病長壽)라고 편작이 아버지의 천식만은 제대로 고치지 않고 살지요. 그러다 편작이 며칠 왕진을 가면서 제자에게 천식약을 주며 부탁을 하고 가요. 제자가 보니 스승 아버지의 천식은 별게 아니었습니다. 해서 스승의 인정을 받을 욕심에 천식을 고쳐 버리지요. 하지만 돌아온 편작은 아버지의 천식이 나은 걸 보고 대성통곡을 합니다. 우리 아버지는 이제 곧 돌아가실 거라며 말이죠."

"그것과 이것이 무슨 관계가 있어요?"

"두 번째 환자. 색정에 넘치는 사람입니다. 모르긴 해도 그 환자는 병원에 오기 전까지 날마다 성관계를 했을 겁니다. 일년 365일 365회 이상… 여자가 없으면 자위로라도… 요즘 말로 치면 셀프 디스겠네요. 그것도 치명적인."

"……."

"작가는 성관계를 못해서 이혼을 당한 것이고 가수 환자는 너무 들이대고 밝혀서 이혼을 한 케이스입니다. 지금은 아니겠지만 얼마 전까지만 해도 그랬을 겁니다. 그러다 어느 순간 펑, 전구가 나가듯 신장의 정기가 바닥이 난 거죠."

"어머."

"발기가 제대로 되지 않으면 성관계를 잊겠지만 고치게 되면 이성을 상대로, 혹은 하루 두 번 세 번 자위를 하게 될 겁니다. 그러니까 그분은 발기불능이 해결되면 올해 안에 죽게 됩니다."

"……!"

"그래서 불편하지 않을 정도만 치료를 한 것입니다. 장침을 많이 꽂은 것도 그 이유죠. 최선을 다했다는 걸 보여준 거에요. 미련 때문에 다른 병원에 기웃거리지 않도록."

"선생님!"

"편작 흉내를 낸 꼴인가요? 하지만 발기불능이라고 해도 죽는 것 보다는 낫지 않을까요? 게다가 그분은 이미 원 없이 섹스를 해본 사람이니……."

"이제 보니 여기로 나가자고 한 것도 복도에서 말하면 행여 환자가 들을까 봐 그러셨군요?"

"네."

"선생님……."

안미란은 등골이 오싹해지는 걸 느꼈다.

상상 불허.

그 단어가 실감이 되었다. 명의가 되고 싶던 안미란. 명의들이 우글거린다는 광희한방대학병원. 하지만 지금 이 순간 안미란의 눈에는 딱 한 사람의 명의만 보였다.

윤도였다.

그만이 진정한 명의였다.

먼 산을 바라보는 윤도의 시선은 비어 있었다. 기왕이면 그 넘치는 욕정까지 고쳐야 했던 윤도. 그게 살짝 아쉬웠다.

윤도의 연수는 그렇게 마감을 했다.

마지막은 도톤보리 초밥집이었다. 자궁근종을 앓던 환자의 초밥집. 분당에 자리한 초밥집은 깔끔한 북해도풍이었다. 일행은 많았다. 유수미가 인원을 가리지 않은 것이다. 어차피 수련의들과도 식사 정도는 함께하고 싶었던 윤도. 모두를 이끌고 초밥집을 찾았다.

"여기예요?"

초밥집 앞에 내린 안미란의 눈이 휘둥그레졌다. 초밥집은 외관부터 깔끔했다.

"이야, 보통 초밥집이 아니네."

송재균도 살짝 긴장 모드에 돌입.

"유명 인사들이 다닌다잖아요? 검색해 보니까 연예인들하고 스포츠 스타들 단골이 굉장히 많더라고요."

안미란은 벌써부터 기대 만빵이었다.

"들어가시죠."

윤도가 부원장에게 권했다.

스릉!

문이 열렸다. 자동문이었다.

그런데.

윤도 일행은 안으로 들어서지를 못했다. 불이 없는 것이다.

"어머, 오늘 안 하시나?"

안미란이 윤도를 바라보았다. 그 순간 실내에 불이 켜지켜 뻥뻥 꽃술이 터졌다.

"환영합니다. 채윤도 선생님, 그리고 여러 선생님들!"

그제야 유수미가 나왔다. 그녀의 이벤트였다.

하지만 윤도 일행은 또 한 번 놀랐다. 안에는 손님이 하나도 없었다.

"오늘은 채 선생님 일행만 모시기로 했습니다."

유수미가 말했다.

그녀가 신호를 보내자 직원들이 카트를 밀고 나왔다. 드라이 아이스의 연기 속에는 엄청난 회감들이 놓여 있었다. 초대형 참치살을 필두로 다금바리, 민어, 돌돔, 꽃새우… 나아가 털게 와 성게, 킹크랩 등등 고급 해산물의 집합이었다.

"와아."

"으아, 초특급 횟감들만 모으셨네?"

안미란과 송재균 등이 자지러졌다.

"착석하시죠."

유수미가 자리를 가리켰다. 그녀는 윤도와 일행의 착석을 일일이 도운 후에야 주방에 자리를 잡았다. 모자까지 눌러쓰자 사람이 변했다. 환자 유수미의 흔적은 간 곳 없고 최고의 요리사가 된 것이다.

"원하시는 대로 만들어 드리겠습니다."

사시미 칼을 잡은 유수미가 윤도를 바라보았다. 그녀의 시선은 분명하게 말하고 있었다. 오늘 그녀의 주인공은 채윤도. 지체 높은 부원장도, 조 과장도 아닌 것이다.

"쉐프께서 가장 자신 있어 하시는 것부터 주시면 고맙겠습니다."

윤도가 그 뜻을 받았다.

"다른 분들은요?"

유수미가 부원장과 조 과장, 수련의들을 차례로 바라보았다.

"우린 부록이니 채 선생 따라가리다."

부원장이 대표로 말했다.

차착!

고수의 손길은 달랐다. 초밥 쥐는 손은 윤도의 장침처럼 군더더기가 없었다.

"드세요."

첫 초밥이 나왔다. 유수미의 마음이 나왔다. 초밥을 먹었다. 그녀의 따뜻한 마음이 윤도 마음에 들어왔다. 많은 것을 배운 연수 생활. 최고의 초밥으로 마무리할 수 있다니······.

"잘 먹겠습니다아!"

안미란의 목소리는 여전히 명랑했다. 가만히 초밥을 물었다. 우물거림을 따라 황홀함이 혈관으로 번져갔다. 고진감래의 끝은 이토록 달콤했다. 참치뱃살이 입에서 녹고 꽃새우 살이 눈처럼 퍼지며 피로를 덮어주었다.

사르르.

사르르.

달콤하게, 달콤하게.

5. 위대한 포기

끼익!

다음 날, 윤도가 병원 앞에 닿았다. 차에서 내렸다. 흰빛이
눈부신 스포츠카였다.

"......!"

복도 창에서 내다보던 안미란의 입이 쩌억 벌어졌다. 싱그러
운 캐주얼 차림으로 내리는 한 사람. 분명 윤도였다.

"선생님."

그녀는 엘리베이터 앞에서 윤도를 맞았다.

"굿모닝, 안 선생님."

"저거 선생님 차였군요."

"네?"

"스포츠카 말이에요. 저번에도 보기는 했는데……."

"아, 네. 오늘 볼일이 많아서 부득 타고 왔어요."

"세상에… 너무 멋져요."

"그동안 고마웠어요."

"선생님… 이제 정말 가시네요."

"왜 그래요? 사람 무안하게… 마 선생님, 송 선생님 지금 계시죠?"

"네……."

안미란의 목소리가 기어들어 갔다. 그새 정이 들어 헤어지기 싫은 눈치였다.

"저 부원장님하고 과장님께 인사 좀 드리고 내려올게요."

윤도가 돌아섰다.

부원장은 가뜬하게 윤도를 맞았다. 조과장도 그랬다.

"바쁘겠지만 침술 논문 좀 많이 내라고. 나도 공부 좀 하게."

조 과장은 첫날과 달랐다. 이제는 윤도를 닥치고 신뢰하는 그였다. 마혁과 송재균 등과도 인사를 나누었다.

찰칵!

사진을 찍었다. 부원장과 과장급 스태프들이었다.

찰칵!

수련의들과 일동 한 방 박았다.

찰칵!

고맙다고 인사하는 환자와 간호사들과도 찍었다.

찰칵!

안미란의 요청에 의해 단둘이 한 장 추가했다.

남는 건 사진뿐?

그렇지는 않았다. 윤도에게 남은 건 보람이었다. 짧고도 길었던 연수 생활은 그렇게 마감이 되었다.

"선생님……."

울먹이는 안미란에게 선물 하나를 받았다. 윤도도 보답 선물을 주었다. 그녀를 위해 준비해 둔 마함철 장침 세트였다.

"나중에는 나보다 잘 놓게 될 거예요."

따뜻한 말로 그녀를 응원했다. 호기심이 많은 그녀, 머잖아 좋은 한의사가 될 것을 믿어 의심치 않았다.

그렇다고 쉴 틈은 없었다. 그길로 장 박사의 장백한방병원으로 날아갔다. 노 차관과 약속된 침술 예약 때문이었다.

"아이쿠, 나는 채 선생이 안 올까 봐 애가 다 탔어요."

차관은 아들 노정명과 함께였다.

"안녕하세요? 선생님."

노정명도 인사를 보탰다. 목소리는 문제가 없었다.

"목소리 괜찮지?"

윤도가 체크 멘트를 날렸다.

"선생님 덕분에 완치입니다. 저 얼마 전에 오디션도 봤어요."

"결과는?"

"합격이죠. 이제 2차만 남았습니다."

"시작할까요?"

간호사에게서 가운을 받은 윤도가 차관에게 말했다. 노정명은 나가고 장 박사만 남았다. 윤도가 준비한 장침은 여섯 개였다. 제일 먼저 등의 견중수와 고황을 거누었다. 두 침은 일침 투혈로써 좌우 대칭으로 넣었다. 이 침은 눈 질환에 많이 쓰는 혈이었다.

다음으로 요삼침으로 불리는 혈자리 세 개를 잡았다. 역시 등 쪽에서 허리 부분에 위치하는 신수혈이었다. 명문을 중심으로 좌우 신수혈에 대칭으로 장침을 넣었다. 그 조율은 신수혈 가운에 위치하는 명문혈에서 했다. 허리 전체의 기혈 조화를 맞추는 것이다.

사삭.

사사삭.

침 끝 돌아가는 소리와 함께 기혈이 조화를 이루기 시작했다. 시간은 꽤 걸렸다. 차관의 허리병이 너무 오래된 까닭이었다.

딸깍!

얼마나 지났을까? 혈자리의 문소리들이 도미노처럼 이어지면서 조화가 끝났다. 윤도가 손을 뗐다.

"허리가 조금 시원하실 겁니다."

긴장하고 있는 차관에게 위로를 보냈다.

"맞아요. 방금 그런 느낌이 왔어요."

"기혈이 몇 바퀴 돌아서 안정될 때까지 기다리시면 됩니다."

"그런데… 눈은요?"

"눈은 아직이죠?"

"예, 뭔가 느낌이 오는 듯 마는 듯……."

"거기는 마지막 과정이 남았습니다."

윤토가 침통을 들었다. 그 손에 장침이 하나 더 딸려 나왔다. 시간을 짚어본 윤도가 환자의 팔을 걷었다. 선택된 혈자리는 곡지였다.

곡지혈.

쓰임새가 많은 효자혈이다. 피부병에도 좋다. 하지만 안검염에도 특효로 쓰일 때가 있다. 차관의 경우가 그랬다. 맥을 짚으니 안검염을 일으킨 혈자리의 주관 혈이 바로 곡지혈이었다. 그러니까 견중수와 고황혈은 곡지의 기를 받게 하기 위한 사전조치였다.

"숨 내쉬세요."

톡!

윤도의 지시와 함께 곡지혈에 장침이 들어갔다. 정확히는 곡지혈 자리에서 조금 위쪽이었다. 혈자리 안에서 왼쪽으로 침을 감았다. 역으로 돌리는 건 하부의 기를 상부로 올리려는 계산이었다. 손가락을 멈춘 윤도가 차관을 바라보았다.

"눈의 기분 어떠세요?"

"눈이요?"

"한 번 깜빡거려 보세요."

"이렇게요……?"

윤도 말을 따라하던 차관의 눈이 휘둥그레졌다. 그는 몇 번이고 더 눈을 깜빡거렸다. 그러더니 아이 같은 경탄을 내뱉었다.

"세상에……."

"눈이 시원해진 모양이군요?"

언제 들어왔을까? 옆에 선 장 박사가 물었다.

"맞습니다. 기분 탓인지… 눈의 피로가 확 풀린 거 같아요."

"기분이 아니고 장침 탓입니다. 채 선생이 눈 맑아지는 청명 침술에 안검염 특효 혈자리까지 잡았으니 그 질병이 배겨날 리 없지요."

"이야, 이거 정말……."

차관은 좋아 어쩔 줄을 몰랐다.

안검염.

고질병이다. 눈꺼풀 피부와 속눈썹 부위가 너저분하다. 가려울 뿐더러 이물감에 충혈, 눈곱까지 낀다. 술이라도 한잔 걸치면 시뻘건 게 가관이다. 당연히 삶의 퀄리티가 확 떨어진다.

"보세요."

윤도가 손거울을 건네주었다. 그 거울에 비친 차관의 눈꺼풀에 충혈이 보이지 않았다. 십수 년째 눈을 괴롭히던 괴물이 사라진 것이다.

"고맙습니다. 내 이놈의 안검염 정말 지긋지긋했는데……."

차관은 좋아 어쩔 줄을 몰랐다.

"채 선생……."

차관이 옷을 입는 동안 장 박사가 윤도를 끌었다. 좋은 소식이 들어왔다. 한의학계가 바라던 서울한방의료원 건이 긍정적으로 되어간다는 말이었다. 그 소식은 차관이 가져왔다. 침을 맞기 전에 선물 보따리를 풀어놓은 모양이었다.

"아, 내일 명의열전 프로그램에 출연한다고?"

대화의 말미에 장 박사가 물었다.

"예… 그게……."

"뭐가 그렇게 부끄럽나? 내가 볼 때 채 선생은 이 시대 어떤 한의사에게도 꿀리지 않아. 아, 의사들까지 포함해도 마찬가지고. 내가 이 회장을 도운 얘기도 이미 들었네."

"그게 벌써 알려졌습니까?"

"내가 그 양반하고 사이가 하루 이틀이 아니잖나? 부용이 진웅이 다 자식처럼 지내다 보니 바로 소식이 온다네."

"그래도 저는 조금 부담스러운 자리입니다. 아직 명의로 비쳐지기엔……."

"그럴 거 없네. 사실 방송국 쪽에서 나한테도 확인 체크가 들어왔었는데 무조건 밀었지, 채 선생은 타고난 의원이야. 만들어지는 의원처럼 시간이 필요한 게 아니라고."

"그렇게 말씀해 주시니 감사합니다."

"부용이 말을 들으니 나름 쟁쟁한 한의사와 경쟁을 붙이는 모양이던데 꼭 넘어서시게."

"최선을 다하겠습니다."

"개업도 얼마 안 남았지?"

"예."

"개업식날은 꼭 가겠네. 벌써부터 기대도 되고 말이야. 우리 환자 중에서도 내 힘에 부치는 사람은 채 선생에게 보낼 테니 그리 아시게."

"고맙습니다."

"큰 의술을 펼치시게. 채 선생 어깨에 한의학의 중흥이 달렸어."

장 박사가 윤도 어깨를 잡았다. 그 따뜻함을 안고 병원을 나왔다. 이제 준비는 끝났다. 명의열전 출연만 넘기면 개업이었다.

개업!

윤도의 심장은 스포츠카의 엔진처럼 격정적으로 뛰었다.

"열겠습니다."

일침한의원 정문, 공사감독이 윤도와 부용을 바라보았다. 마침내 단장을 끝내고 주인을 기다리는 한의원이었다.

"비밀번호와 손가락 지문은 나중에 따로 세팅하세요."

감독이 통제키 판의 번호를 눌렀다.

스릉!

현관문은 자동이었다.

"들어가세요. 원장님."

부용이 윤도 등을 가볍게 밀었다. 그날 이후의 첫 만남이라 다소 어색할까 싶었지만 전혀 그렇지 않았다. 그녀만의 마법이었다.

"⋯⋯!"

윤도의 시선이 멈췄다. 접수실이자 대기실 공간은 너무나 편안해 보였다. 설계도로 볼 때와도 아주 달랐다. 은은한 한약방 소품들에 이어 자연미를 살린 공간. 소박과 안락의 극치를 보이고 있었다.

"선생님 진료실이에요."

원장실은 부용이 직접 열어주었다.

"......!"

윤도의 시선이 또 한 번 멈췄다. 조선 시대, 어느 편안한 한의원이 고스란히 옮겨와 있었다. 창틀조차 한옥문의 그것이었다. 그러면서도 자연 채광을 최대한 살린 방은 음양이 저절로 조화를 이룰 것 같았다.

게다가…….

'냄새…….'

편백 원목 벽에서 나오는 향은 요란하지 않으면서도 사람을 편하게 만들었다.

"뭐 해요? 앉아보셔야죠."

넋을 놓은 윤도를 부용이 재촉했다. 윤도가 원장석에 앉았다.

"멋져요."

부용이 박수를 쳐주었다. 이번에는 윤도가 부용을 원장석에 앉혔다.

"제가 여기 앉을 자격이…….'

부용이 얼굴을 붉혔지만 그녀는 거기 앉을 자격이 충분했다.

그리고…….

스릉.

침구실과 상담실, 검사실, 입원실, 휴게실 등을 지나 한방약
제실이 열렸다. 윤도가 가장 기대하는 곳이었다. 거기서 윤도
의 오감이 작동을 멈춰 버렸다.

'아!'

감탄이 절로 나왔다. 가지런히 배열된 분석기와 그 앞으로
펼쳐진 약제실. 자연과 과학이 공존하는 방은 시공을 초월한
과학자의 방처럼 보였다. 광희한방대학병원에서 보았던 최신
분석기들이 축소판으로 펼쳐지고 있었다. 작지만 최첨단의 극
치였다.

"부용 씨…….."

윤도가 부용을 돌아보았다.

"이 정도면 선생님이 의술을 펼치는 데 부족함이 없을까요?"

그녀가 물었다.

"과분합니다."

"그럼 여기서 높은 성취를 이루세요. 건강이 절실한 분들 많
이 고쳐 새 삶을 찾아주시고 대한민국, 아니 세계적인 한약도
개발해 내시길 바라요."

"약속드리죠."

윤도의 대답은 거침이 없었다. 이 정도면 바랄 게 없었다. 윤
도가 바라던 꿈의 포진이었다. 여기에 한약사 진경태만 들어앉
는다면 겁날 게 없었다.

"직원들 문제는요?"

"준비는 거의 다 끝났습니다. 마무리 단계예요."

"그럼 나가실까요? 손님들이 올 거예요."

"손님?"

"프로그램 진행자들 말이에요. 제 역할은 여기까지입니다."

부용은 깍듯한 인사로 임무를 끝냈다.

끼익!

아담한 주차장에 방송국 차량들이 멈췄다. 피디와 진행자들이 내렸다.

"이 대표님!"

피디가 부용에게 알은체를 했다. 그다음은 윤도였다.

"채윤도 선생님? 처음 뵙겠습니다. 새로 명의열전을 책임진 용은수 피디입니다."

30대 후반의 용 피디가 인사를 해왔다. 여자였다.

"안녕하세요?"

윤도가 인사를 받았다. 그러자 스태프 일동도 인사에 동참했다.

"한의원이 고풍스럽고 운치가 넘치는데요?"

피디가 말했다.

"고맙습니다."

"시간이 많지 않으신 분이니까 간단하게 설명을 드릴게요. 진행은 간단합니다. 저희는 두 팀으로 나뉘어 촬영을 합니다. 모든 과정은 공평무사하며 진료 결과만을 참고해 방송에 나갈 명의를 결정합니다."

"……"

"진료 과정은 임팩트 있게 편집되어 일정 시간 동안 실시간 시청자 투표에 붙여집니다. 개편 프로그램부터 새로 적용하는 시스템으로 투표 결과 또한 그대로 공개하며 방영 결정이 되면 오늘 진료 녹화 장면은 편집해서 사용합니다. 즉, 선생님이 승자가 된다면 그대로 프로그램의 일부가 되는 것이죠. 만에 하나 시청자의 선택을 못 받는다 해도 말미에 일부 소개되는 시간에 편집본으로 나가게 될 겁니다."

"……"

"저희가 여러 한의사님들의 자문을 거쳐 결정한 질환은 천식과 고혈압입니다. 다른 것도 많지만 객관적으로 침구 효과를 입증하려면 천식과 고혈압이 효과적이고 극적일 것 같아서입니다."

"……"

"환자들은 각종 병원에서 신청자를 받아 선발해 두었고 질환 정도 역시 양방, 한방 공히 크로스 체크를 거쳐 어떤 분에게 유불리하지 않도록 배치할 예정이니 염려치 않으셔도 됩니다."

"……"

"환자들은 저희가 섭외한 한방병원에서 대기 중입니다. 선생님과 자웅을 겨룰 명의가 누구인지 또한 촬영이 끝난 후에야 알 수 있습니다. 다만 현재 인기 절정으로 막강 명의로 꼽히는 분이라는 건 말씀드립니다."

인기 절정의 명의?

윤도의 피가 후끈 반응을 했다.

"선생님 특유의 진료법이나 탕제 등의 치료법은 시청자 투표에 선택을 받으면 본 녹화에서 선보일 수 있으며 그때 필요한 추가분의 촬영은 이 한의원에 오셔서 하셔도 됩니다."

"……"

침구.

테스트의 과제는 침구였다. 침과 뜸으로 천식 환자와 고혈압 환자를 치료한다. 천식은 기침이 잦기에 침구 효과를 알 수 있다. 고혈압 역시 그랬다.

"동의하십니까?"

"동의합니다."

바로 대답했다. 인기 절정의 명의? 그게 누구건 두렵지 않았다. 윤도는 윤도의 길을 갈 뿐이었다.

"그럼 타시죠."

피디가 방송 차량을 가리켰다. 속전속결 진행이었다.

부릉!

방송 차량이 움직였다.

명의열전.

또 하나의 도전을 위한 출발이었다.

방송차가 도착한 곳은 삼초한방병원이었다. 주차장 끝에 또 다른 방송 차량이 보였다. 상대방 한의사가 도착한 모양이었다.

환자 추첨이 시작되었다. 환자군은 고혈압과 천식, 축농증군이었다. 각 10명씩의 환자를 두고 무작위로 하는 선정 방식이었다. 환자나 보호자가 나와 밀폐된 상자 안에서 공을 뽑아 병실을 찾아갔다. 색깔 선택은 상대방에게 양보했다. 그가 빨강을 택했다는 말을 들었다. 윤도의 환자는 파란색이 되었다.

"선생님!"

환자가 정해지자 부용이 다가섰다.

"부용 씨."

"팁 하나 드려요?"

"……?"

"그냥 선생님 하던 대로 하세요. 제 경험으로 볼 때 그게 가장 좋아요."

"명답이군요."

"선생님을 믿으니까요."

부용이 손을 내밀었다. 건투를 비는 손이었다.

"이쪽입니다."

방송 스태프들이 윤도를 안내했다. 윤도의 촬영장은 큰 병실이었다. 그 안에 파란 공을 뽑은 고혈압 환자들이 기다리고 있었다. 조명과 카메라는 이미 자리를 잡은 후였다.

"1번 환자부터 시작합니다. 문제가 생기면 촬영 중지를 요청하세요. 편집은 저희가 알아서 하니까 걱정하지 마시고요."

피디가 마지막 주의 사항을 알려주었다.

다섯 환자.

각양각색이었다. 20대의 살집 두툼한 여자부터 80대 초의 할아버지까지 있었다.

"시작하세요."

조명이 들어오자 피디의 콜이 떨어졌다. 윤도의 시작은 진맥이었다. 촬영이라고 특별히 겉멋은 부리지 않았다. 고혈압의 치료 혈자리는 많았다. 하지만 개개인에 따라 효용도가 다르다. 윤도는 다섯 환자의 혈자리를 파악하고 정리에 들어갔다.

'테스트……'

핵심을 생각했다. 심사자들은 결과만을 볼 것이다. 그렇다면 당장의 혈압 수치를 떨어뜨리는 데 목적을 두어야 했다.

—곡택+풍융+합곡혈 세트.

—풍지+곡지+태충혈 세트.

잘 알려진 고혈압 혈자리 조합과 윤도의 장침은 갈래가 달랐다.

원샷!

천료혈에 딱 한 방이었다.

두 번째 시침 역시 침대가 놓인 차례는 아니었다. 장침의 자리는 곡지혈에서 소해혈이었다. 기혈이 낙맥까지 퍼지도록 조절하며 두 번째 환자를 끝냈다. 이어 맨 끝의 침대로 가서 신기를 선보였다.

신기—상성—신회—전정—백회혈까지 일침오혈을 넣은 것이

다. 그 긴 장침이 겨우 손잡이만 남았으니 그 또한 주저 없는 원샷이었다.

그 옆의 환자는 합곡에 이어 신문혈에 장침을 넣었다. 네 명 모두 다른 갈래의 처방이었다.

마지막으로 살집 많은 여자 환자가 남았다. 혈자리가 작은 환자였다. 혈압도 가장 높았다. 윤도가 기억하기로 그녀의 혈압은 140Hg─230㎜Hg에 달했다. 혈자리는 크게 문제되지 않았다. 이미 광희한방대학병원에서 티끌만 한 혈자리까지 경험하고 온 윤도였다.

"조금 걸릴 겁니다. 편안히 계세요."

미리 양해를 구하고 장침을 넣었다. 풍지혈과 곡지혈, 그리고 태충과 용천혈이었다. 장침은 쉽게 끝나지 않았다. 환자가 들숨을 쉴 때 단숨에 찌르고, 날숨을 쉴 때 약간 들었다가 다시 넣었다. 이렇게 여덟 번을 반복한 후에야 침을 뽑았다. 뻣뻣하던 여자의 목에서 긴장이 풀리는 게 보였다. 마지막 시침이 끝나자 할아버지를 시작으로 침을 뽑아주었다.

"어우, 목덜미가 개운하네?"

"나는 눈까지 시원해요."

환자들은 가뜬한 표정을 지었다.

이어 혈압 체크 팀이 들어왔다. 윤도가 시침한 환자 다섯의 혈압은 모두 정상 범위 안으로 들어와 있었다.

85㎜Hg에서 130㎜Hg 사이였으니 자침 이전의 140Hg에서 230㎜Hg 사이의 수치를 감안하면 굉장한 사건이었다. 변화 수

치는 세밀하게 기록이 되었다. 수치의 변화 폭도 판단 기준이 되는 모양이었다.

"그럼 다음 과정으로 가겠습니다."

피디가 첫 촬영 마감을 알렸다.

"잠깐만요."

윤도가 그 말을 막았다.

"왜 그러시죠?"

"잠깐 시간을 주셨으면 합니다."

"무슨 문제가 있나요?"

"두 분에게 침이 더 필요합니다."

"네? 그게 무슨 말씀이신지……."

"혈압 체크라기에 혈압을 떨어뜨리는 침만을 썼습니다. 하지만 두 분은 신장과 간장에 문제가 있는데 거기에 장침을 놓으면 차후에도 큰 문제가 없을 일이라……."

"하지만 촬영 스케줄이……."

"15분이면 됩니다만……."

"그럼 그렇게 하세요."

피디의 수락이 떨어지자 윤도는 할아버지와 여자 환자에게 다가섰다.

"두 분은 침이 더 필요합니다. 고혈압의 근원이 보이거든요. 원치 않으시면 그냥 가겠습니다만 기왕 맞은 침이니……."

효과를 본 둘이 반대할 리 없었다. 할아버지는 신장혈에 장침을 넣고 여자는 간혈에 장침을 넣었다. 그제야 윤도의 표정이 편안하게 변했다. 고혈압만 달랑 떨어뜨리자니 목에 가시가 걸린 듯 찝찝하던 차였던 것이다.

"어, 시원하다. 시원해."

할아버지 입에서 콧노래가 나왔다. 윤도 기분도 그만큼 좋아졌다.

하지만!

두 번째 병실에서 윤도의 촉각이 곤두서고 말았다. 이번에는 어린이들이었다. 나이로 치면 두 살에서 일곱 살 사이.

콜록콜록!

훌쩍훌쩍!

'부비동염.'

부비동염은 천식으로 잘 알려져 있다. 어른도 힘겨운 질병이다. 하물며 어린아이들에게는…….

엄마아!

다섯 침대에서는 신음에 가까운 소리가 쉬지 않았다. 당연히 훌쩍이는 아이도 있었다.

"시작하세요."

피디가 촬영 개시를 알렸다. 조명이 더 밝아졌다. 윤도는 보호자들에게 인사하고 아이들 진맥에 들어갔다.

"하느님!"

보호자들에게서 기도 소리가 나왔다. 아이가 아프면 부모도 아프다. 아니, 부모들은 더 아프다.

진맥…….

그렇다고 따로 심혈을 기울이지는 않았다. 환자는 다 같다. 모든 환자에게 최선을 다하면 굳이 아이들이라고 특별할 이유는 없었다. 한 아이가 윤도를 보고 방긋 웃었다. 목에서는 쌕쌕 소리가 나왔다. 거기에 기침이 딸려 나오고 아토피피부염도 심했다.

그런데…….

진맥을 위해 아이 손을 잡던 윤도가 소스라쳤다.

'윽?'

윤도는 눈을 의심했다. 아이 얼굴 때문이었다. 그 얼굴은… 헤이쌴시호에서 보았던 중국 아이의 얼굴이었다. 시린 듯한 두 눈에서 튀어나오는 여의주의 섬광.

"많이 안 좋아요?"

넋을 놓은 윤도 귀에 보호자의 말이 들어왔다. 그제야 겨우 정신을 수습했다. 다시 보니 착각이었다.

"밤이나 아침에 기침 많이 하죠?"

마음을 가라앉히고 보호자에게 물었다.

"네."

"쌕쌕거리는 소리는 어때요? 자주 하나요?"

"네… 처음에는 어쩌다 그랬는데…….”

'천식, 축농증, 중이염…….'

첫 환자는 천식만의 문제가 아니었다. 무려 3종 세트가 나왔다. 어린아이들이 숨을 쉴 때 쌕쌕거리는 증상은 큰 문제가 아닐 수도 있다. 오장육부가 다 작고 좁기 때문이다. 거기에 호흡기에 문제가 생기면 쌕쌕거리는 천명음을 낸다. 하지만 반복적으로 나오면 소아천식일 가능성이 훌쩍 높아진다. 특히 3세 이후 기침과 동반되는 천명음은 방치하면 좋지 않다.

다른 경우는 아토피피부염이나 알레르기성 비염 등의 알레르기 질환과의 연관 관계다. 천식 역시 대표적인 알레르기 질환임을 상기하는 윤도였다.

두 번째 아이는 다행히 천식뿐이었다. 기침 소리가 나쁘지만 비염이나 중이염 같은 건 없었다.

"……!"

세 번째 아이에서 윤도의 진맥이 멈췄다.

자신도 모르게 한숨이 나왔다. 이 아이는 아토피피부염을 포함한 3종 세트를 달았지만 그 출발이 좋지 않았다.

"메롱 해볼래?"

윤도가 아이 앞에서 혀를 내밀었다. 아이는 고개를 저으며 거부했다. 경계심 때문이다. 보호자가 나서서 어르자 겨우 혀가 나왔다. 혀의 색깔이 검었다. 예상대로 신장의 기혈이 좋지 않았다. 그다음 아이도 그쪽이었다. 앞의 아이보다 조금 더 심했다. 윤도가 고개를 저었다. 침으로 천식을 멈출 수는 있지만 바람직한 처방이 아니었다.

"선생님……"

맥을 놓는 순간 보호자가 울먹거렸다.

"잘 부탁합니다."

그 말이 담긴 애원이었다. 아이가 아프면 엄마는 이중고를 겪는다. 아이 때문에도 마음이 아프지만 주변 사람들에게도 고개가 숙여진다. 혹여 자신이 건강하지 못해 아이에게 나쁜 유전자를 준 것인가 자책하는 것이다.

'……!'

마지막 아이, 그 앞에 또 윤도 몸이 굳었다. 첫 아이와 같은 환상이었다.

'뭐지?'

정신을 가다듬었다. 시린 빛의 환상은 신기루처럼 사라졌다. 하지만 윤도에게는 더 이상 신기루가 아니었다. 한 번도 아니고 두 번… 우연으로 보기 어려웠다.

물을 한 모금 마시고 진맥에 돌입했다. 이 아이 역시 심한 경우의 천식이었다.

천식과 축농증, 아토피피부염은 대개 신장에서 비롯된다. 그렇기에 원천 처방은 신장이 우선이 되어야 했다. 말하자면 신장의 기혈이 조화를 이루면 기어이 나을 질환이었다. 마지막 아이는 살까지 홀쭉했다. 이는 비장의 기혈조차 문제라는 뜻이었다.

하긴 예상된 일이었다. 명의열전이라는 프로그램의 권위를 알기에 자처하고 나온 부모들. 어떻게든 아이들을 낫게 하려는 염원이 담겼으니 동네 병원에서 치료될 수준이라면 여기까지 오지 않았을 일이었다.

갈등이 생겼다.

방송…….

게다가 경쟁이었다. 고혈압은 심사 기준에 맞춰 치료를 했다. 하지만 이건 좀 달랐다. 어린아이들이다. 기침을 잡고 막힌 코를 뚫는 건 어렵지 않았다. 그러나 근본 처방이 아니었으니 미봉책이 될 뿐이었다. 미봉책이 오래되면 더 심해질 수도 있는 질환들. 그건 방송에 눈이 멀어 의술을 파는 일이 될 수 있었다.

그 생각 속으로 중국 아이의 시린 빛이 들어왔다.

왜!

왜 느닷없이 그 환상이 보였을까? 그것도 한 번도 아니고 두 번이나… 그건 예사로운 일이 아니었다. 계시일까? 진짜 명의의 길을 가라는?

'채윤도…….'

스스로에게 말을 걸었다.

명의열전.

중요하지.

한의사나 의사라면 누구나 한 번쯤 나가고 싶어 해.

여기 나가서 대박 치면 한의원이 미어터진다잖아.

하지만 비겁하지는 말아야지.

비뉵(鼻衄: 코피)을 잡으려면 용철혈을 취해야지 솜으로 코를 막을래?

눈 가리고 아웅은 한의사가 할 짓이 아니잖아.

그러면 쪽팔린다.

"컷!"

윤도의 갈등을 알았는지 피디가 촬영 중지를 선언했다.

"문제가 있나요?"

그녀가 다가와 물었다.

"……"

"선생님."

"아닙니다."

"그럼 계속 진행해도 될까요?"

"이거 시간이 얼마나 허용됩니까?"

"저희가 전문가 분들에게 들은 말로는 2시간이면 넉넉할 거라고. 그래서 실시간 시청자 투표를 그때로 맞춰두었어요."

'두 시간……'

윤도가 고개를 끄덕였다.

의술의 길.

명의순례에서 다지던 그 초심.

'무엇보다 환자 우선.'

마음속에 들어온 결정. 그 결정을 따라 두 장침을 뽑아 들었다.

그 장침은 허리 쪽의 신수혈에 대칭으로 넣었다. 손가락이 열을 내는 화침이었다. 두 번째는 조금 위쪽의 명문혈이었다. 그 또한 화침을 넣었다. 그다음 침은 신장 부근의 혈에 하나를 찔렀다. 이어질 신주혈의 보조로 세운 것이다.

마지막으로 뽑은 침은 목 아래 양 견갑골 사이의 신주혈로 들어갔다. 신주혈은 면역력을 높이기도 하는 혈자리. 신장 기혈의 조화와 함께 아이들의 혈자리로는 만병통치에 가까운 명혈이었다.

아이들은 침놓기 어렵다. 어른처럼 인내심이 없는 까닭이다. 하지만 윤도의 침은 깃털처럼 들어갔으니 아이는 통증을 느끼지 않았다. 그 상태로 기혈을 조절했다.

'우측 신장.'

신경이 쓰였다. 이 아이가 1타로 선택된 이유였다. 말하자면 다섯 중에 가장 나쁜 상태였다. 게다가 우측… 한방은 음양의 조화를 기준으로 삼는다. 그 조화는 좌양우음으로 읽힌다. 기혈로 치면 좌기우혈이었다. 우측이면 음에 속한다. 음이 부족한 질병은 양이 부족한 질병보다 치료가 어려웠다.

그렇다고 아이의 신장이 망가진 건 아니었다. 기혈의 부족은 일반 이화학검사에서 나오지 않는다. 초음파로도 알 수 없다. 그런 면에서는 한방의 맥과 혈자리가 유리했다. 제대로 짚을 수만 있다면, 최첨단 의료 기기로도 못 알아내는 인체의 이상을 알 수 있는 것이다.

침을 돌려 보사를 맞췄다. 아이라 오히려 어려웠다.

툭!

윤도 이마에서 땀이 떨어졌다.

툭!

또 한 방울이 떨어졌다. 그 장면이 카메라의 앵글에 잡혔다. 윤도는 오직 집중했다. 하지만 지금 윤도의 타겟은 축농증이나 천식이 아니었다. 그 병의 근원… 신장을 노리는 것이다.

시간이 흘러갔다. 땀방울이 늘어났다. 솜털처럼 부드러운 아이의 혈자리 조절은 맞을 듯 비껴갔다. 36문도 그랬다. 이 문이 열리면 저 문이 닫혔다. 그러다 겨우 문 전체의 개폐를 조절하게 되었다. 최상은 아니지만 그 정도면 되었다 싶어 손을 뗐다.

'후우!'

늑골 사이에 머물던 날숨을 길게 밀어냈다. 겨우 한 아이의 시침이 끝났다. 나머지 세 아이의 시침도 대동소이했다. 수월한 건 한 아이뿐이었다. 그 아이는 신장이 그리 나쁘지 않았다. 족삼리와 상거허혈에 침을 넣어 단숨에 잡아냈다. 기혈 조화의 순간에 기침이 잦아들던 아이는 콧물까지도 확 줄어들었다. 기도하던 보호자 얼굴이 꽃처럼 밝아졌다. 카메라가 또 그 장면을 잡았다.

하지만, 감격의 장면은 더 이어지지 않았다. 나머지 네 아이들… 기침이 잦아들기는 했지만 첫 아이 같지는 않았다. 촘촘한 시간 간격으로 침을 뽑아주었다.

"선생님."

피디가 다시 말을 건네왔다.

"네?"

"죄송하지만 이제 실시간 시청자 투표에 올려야 할 때라서……"

"그러세요."

윤도는 개의치 않고 침을 뽑았다.

"그런데……."

"말씀하시죠."

"침이… 제가 이 촬영분 때문에 혈자리 공부를 좀 했는데 선생님의 침은 마지막 아이만 빼고는 천식과 축농증 혈자리가 아니라……."

"맞습니다. 신장과 비장 혈자리였습니다."

윤도가 웃었다.

"혹시 진단을 잘못하신 건 아닌지……."

"그럴 리가요. 아이들이 축농증과 중이염, 천식이 있는 건 잘 알고 있습니다."

"그런데 왜……."

피디는 말을 아꼈다. 부용의 말과 달랐다. 방송국에서 채집한 자료와도 달랐다. 용 피디는 윤도의 침을 맞은 몇 사람을 비밀리에 만났었다. 그들은 하나같이 입을 모아 말했다.

"채 선생 침은 신침이에요."

신침(神鍼).

고혈압 환자들에게서는 그 말이 입증되었다. 하지만 이 환자들에게는 아니었다. 적어도 아직까지는.

'이 사람, 축농증이나 천식은 못 고치는 걸까?'

그런 생각까지 드는 피디였다.

"실시간 투표 시간이라면서요? 바쁘실 텐데 진행하세요."

"용 피디님, 방송국 연락입니다."

대화 사이에 진행팀에서 피디를 불렀다. 피디가 창가에서 전화를 받았다. 눈치를 보니 상대방 한의사 촬영분 편집이 끝난 모양이었다.

"예… 그냥 진행해야 할 것 같습니다. 네, 프로그램 돌려주세요."

피디가 전화를 끊었다. 많은 나이는 아니지만 그녀는 베테랑이었다. 가끔 어처구니없는 경우가 있었다. 최고의 전문가라고 모셔보니 그저 입만 나불거리는 인간들… 남들도 다 알 만한 사실을 예측이나 분석이라고 내놓는 전문가… 결국 윤도도 그 부류에 속한다고 생각할 수밖에 없는 피디였다.

'이부용 대표도 다시 봐야겠군.'

피디가 전화를 끊을 때였다. 윤도 주변에서 웅성거리는 소리가 들려왔다. 보호자들이었다.

"어머, 어머!"

"기침이 뚝 그쳤어요."

"콧물도 안 나와요."

웅성거림은 점점 커져갔다.

'뭐야?'

피디가 그쪽으로 다가섰다. 윤도는 네 아이들 중에서 두 번째 환자에게 시침을 하고 있었다. 족삼리와 상거허였다. 다리는 간호사가 잡아주었다. 거기서 아이의 기침이 줄어들자 중완혈에도 장침이 들어갔다. 아이의 목에는 얇은 커버가 채워져 침을 볼 수 없었다. 겁을 먹고 움직일까 배려한 조치였다. 마지막 침은 비장혈을 위한 자리였다. 혈자리 표에 나오지 않지만 윤도는 알 수 있었다.

'자, 이제 끝장을 볼까?'

침 끝이 혈자리를 차지하자 남은 부분을 다 밀어 넣었다. 아이는 큰 기침을 한 번 하더니 다시는 기침을 하지 않았다. 두 번째 성공이었다.

"선생님……."

"우와아."

아이의 엄마와 보호자들은 어쩔 줄을 몰랐다. 윤도의 침은 이미 좌중을 휘어잡고 있었다. 남은 두 아이의 부모들은 깍지 낀 손을 풀지 못했다. 차곡차곡 차도를 보인 앞의 두 아이. 이제는 이 보호자들의 아이 차례가 온 것이다.

콜록콜록쿠얼럭!

세 번째 아이 입에서 발작적 기침이 쏟아졌다. 아이 엄마는 온 시선을 윤도의 장침에 집중했다.

'천식이 강한 아이…….'

윤도는 이미 그 혈자리를 알고 있었다. 복부의 거궐과 기해에 침이 들어가자 발작기침이 거짓말처럼 멈췄다. 남은 침 하나는 예정된 자리가 있었다. 바로 양문혈이었다. 침이 들어가자 눈물범벅이었던 아기가 방긋 웃었다.

"상아야!"

엄마는 차라리 오들오들 떨었다. 하지만 그 이상의 액션은 취할 엄두를 내지 못했다. 윤도 때문이었다. 침 하나하나에 정성을 다하는 그 모습. 그거야말로 지상 최고의 숭고함, 신의의 강림이 아닐 수 없었다.

"이 아이, 푸른 변을 종종 보죠?"

윤도가 추가로 물었다.

"네……."

엄마가 대답했다. 발침한 후에 명문혈에 보너스 침을 넣었다. 명문혈이 살짝 부어 있음을 놓치지 않은 것이다. 명문혈은 어린아이가 푸른 똥을 쌀 때의 특효혈이기도 했다.

"내일부터는 괜찮을 겁니다."

윤도가 웃었다.

"……!"

뒤에서 넘겨보던 용 피디는 피가 역류하는 걸 느꼈다.

'뭔가 잘못됐다.'

그제야 분위기가 심상치 않음을 알았다. 하지만 팀을 투입할 수 없었다. 촬영 종료가 선언되면서 화장실이며 휴식을 위해 흩어진 까닭이었다.

그의 눈에 보조 직원이 들어왔다.

'오 마이 갓.'

피디는 또 한 번 피가 역류했다. 구세주였다. 그가 핸드폰 촬영을 하고 있었던 것이다.

[계속 찍어.]

화면으로 문자를 보여주고 뛰었다. 곳곳에 흩어진 팀을 규합했다. 아직 환자 한 명이 남아 있었다. 촬영 팀이 카메라를 준비하는 동안 그녀는 방송국에 전화를 걸었다.

"지금이야, 시청자 투표 잠시만 미뤄줘."

그녀의 목소리는 거의 비명에 가까웠다.

"잘 부탁합니다."

마지막 아이. 그 보호자가 윤도에게 고개를 숙였다. 윤도는 인사를 받고 환자 앞에 섰다. 보호자는 벌써 많이 울었다. 다섯 아이들 중의 마지막이었다. 다 놀라운 차도를 보였으니 기대가 큰 것이다.

"해수욕 같은 걸 시켰죠?"

"아이가 짠 음식을 잘 먹죠?"

진맥할 때 윤도가 물은 질문이었다. 다 그렇다는 말이 나왔었다.

신장 기혈이 나쁜 사람에게 해수욕은 쥐약이다. 아주 좋지 않다. 하물며 어린아이임에야⋯⋯. 짠 음식도 마찬가지다. 신장 기혈이 나쁘면 짠 음식을 선호한다.

윤도가 정신을 모았다.

이 아이가 마지막이 된 데는 이유가 있었다. 혈자리 때문이었다. 이 아이의 혈자리는 변칙이었다. 일렬로 서지 못하고 군데군데 삐져 나간 것. 그렇기에 혈자리 잡는 게 장난이 아니었다.

불규칙 속의 규칙을 파악해 나갔다. 그 후에야 장침이 들어갔다. 폐수혈과 풍문혈이었다. 뜸을 뜨는 듯한 화침이었다. 신장은 이미 조치를 했으니 천식을 때려잡으려는 것이다.

퐁퐁!

윤도는 들었다. 아이의 혈자리가 장침을 받아들이는 소리. 미리 신주혈과 신수혈, 명문혈의 기혈을 왕성하게 조치했기에 들을 수 있는 연주음이었다.

그 소리 하나마다 피로가 쭉 밀려 내려가고 보람이 올라왔다. 자신의 치료에 대한 확신. 그건 모든 의술이 꿈꾸는 최고의 가치였던 것이다.

풍문혈에서 마침내 대미를 장식했다. 좌기우혈의 조화를 이룬 것이다.

콜록콜록!

이 아이 역시 목이 터질 듯한 기침을 쏟았지만 이내 잦아들었다.

콜록.

콜…….

기침이 멈췄다. 윤도는 보았다. 그 아이 얼굴에 어리는 헤이싼시호 아이의 얼굴. 그 시린 빛은 분명 웃고 있었다.

"엄마……."

콧물을 들이마신 아이가 엄마를 불렀다.

"왜?"

"목이 편해졌어. 흠흠… 콧물도… 그리고 몸도 안 가려워."

아이의 소리 또한 더 이상 쌕쌕거리지 않았다.

"아아아……."

엄마는 비명을 내며 주저앉았다. 저주받은 아토피까지 효과를 본 것이다.

"왜? 이제 엄마가 나 대신 걸렸어?"

"아니, 아니……."

엄마의 눈에서 눈물이 쏟아졌다.

카메라는 그 장면을 제대로 잡고 있었다. 마지막 침을 뽑아낸 윤도가 휘청 흔들렸다.

"선생님!"

엄마들이 몰려들어 윤도를 받쳐주었다.

"의자요."

"물 여기 있어요."

"수건도요."

엄마들은 누가 먼저랄 것도 없이 윤도에게 소용이 될 것들을 내밀었다.

할 수 있다면 마음이라도 덜컥 떼어주고 싶은 그녀들이었다.

"고맙습니다."

인사를 하고 전부 다 받아들었다.

벌컥벌컥.

생수 한 병을 그 자리에서 원샷했다. 명의열전… 물 건너갔다.

윤도는 그렇게 생각했다. 하지만 하나도 아쉽지 않았다. 지금 이 순간, 이 장면들. 명의열전에 출연하는 기쁨 이상이었다.

"선생님!"

숨을 돌리는 사이에 용 피디가 다가왔다.

"피디님……."

"설명 좀 해주시겠어요?"

"무슨 설명 말이죠?"

"이거… 어떻게 된 거예요? 아까의 시침하고는 완전히 다르잖아요?"

"보셨어요?"

"그럼요. 이번에는 죄다 과제와 맞는 혈자리들 같았어요."

"맞습니다."

"그런데 왜 아까는……."

"비륙 아시죠? 코피."

"네……."

"코피를 멈추게 하려면 다들 어떻게 하죠?"

"대개는 휴지로 코를……."

"하지만 그건 코피에 대한 치료가 아니죠?"

"네……."

"맞아요. 코피를 멈추게 하려면 용천혈을 잡아야 합니다. 만약 코피의 원인이 오장육부에 있다면 그것까지 잡아야 완벽하고요."

"그럼?"

"축농증이나 천식, 중이염 같은 건 거의 다 신장과 비장의 허실에서 비롯되죠. 한방에서는 그렇습니다. 족삼리나 상거허혈, 혹은 기해와 천료혈 등에 침을 넣으면 금세 좋아지는 건 알지만 미봉책이라 도의상 쓰지 않았습니다."

"그러니까 원인 치료로 들어간 거로군요?"

"그렇죠."

"그럼 왜 아까는 설명을 안 하신 거예요?"

"상대방이 있는 일이잖습니까? 그분에 대한 예우이기도 하고… 치료라는 게 늘 망망대해를 항해하는 일과 같아 언제 끝날지 모르는 일이라……."

"선생님."

"오늘 수고하셨습니다."

윤도는 인사를 하고 침통을 챙겼다. 마음은 진작 비워뒀으니 아쉬울 것도 없었다.

"선생님, 고맙습니다."

"의사 선생님, 고맙습니다."

엄마들과 아이들이 윤도 주위에 몰려들어 '떼 창'을 했다.

"의사가 아니고 한의사 선생님이셔."

마지막 환자의 엄마가 정정을 해주었다.

"기다리세요. 아직 끝난 거 아닙니다."

윤도 앞을 피디가 막아섰다.

"이미 늦은 거 아닌가요?"

윤도가 웃었다.

"늦었죠. 빌어먹을 행정팀 놈들이 내 요청 묵살하고 시청자 투표 시작했대요. 그놈의 규정인지 나발인지를 늘어놓으면서 말이에요. 하지만 이대로 보내 드리기에는 제 마음이 허락하질 않아요."

"그럼?"

"늦은 건 선생님 잘못이지만 조금 늦었다고 포기하는 것도 우습잖아요? 어차피 선생님이 자초한 일이니까요."

"……."

"그러니까 기다리세요. 방금 그 진짜배기 장면들, 번개 편집 해서 바꿔달라고 요청했어요."

"피디님, 그럼 이 선생님이 명의열전에 못 나가는 거예요?"

엄마 하나가 다가와 용 피디에게 물었다.

"죄송합니다. 일이 그렇게 되었어요. 방송 스케줄이라는 게 있다 보니……."

"말도 안 돼. 세상에 이런 분이 명의가 아니면 누가 명의인데 요? 상대방 명의분은 우리 애들처럼 제대로 고쳤대요?"

"그쪽도 일단은… 하지만 방금 확인해 보니 두 명이 다시 기 침을 시작했다네요."

"거봐요. 이런 분이 진짜 명의잖아요? 보고서도 그래요? 원 인을 잡는 게 명의지 당장 진통제에 거담제, 해열제로 때우는 게 의사예요? 그런 분들 때문에 우리 애들도 병이 커진 거라고요."

"……."

"그러니까 지금 이 선생님이 불리한 거죠? 아까 원인부터 치료하는 장면이 올라가는 바람에?"

"예… 이제야 수정본이 올렸지만……."

"아, 진짜 열받네. 이러니까 방송의 공정성이 의심받는 거잖아요?"

"면목 없습니다."

"여기요, 다들 저 좀 보세요!"

엄마가 다른 보호자들을 불러 모았다.

"이 선생님이 우리 애들 정성을 다해 치료하느라고 명의열전 투표에서 오히려 불리해졌대요. 이게 말이 돼요? 우리가 어떻게든 도와야 하지 않겠어요?"

"저기, 어머니……."

윤도가 난감한 표정을 지었다.

"선생님은 그냥 푹 쉬세요. 우리 애들을 이렇게 고쳐주셨는데 우리가 나서야지요. 안 그래요? 여러분?"

엄마의 주장은 모두의 생각과 같았다. 다행히 두 엄마가 맘 커뮤니티의 매니저들이었다.

또 한 여자 역시 나름 유명한 블로거였다. 그녀들은 즉석에서 SNS를 날려댔다.

[도와주세요.]

[채윤도 선생님을 도와주세요.]

[이분이 진짜 명의입니다. 어떤 의사도 못 고치던 천식, 축농증 치료 인증샷 함께 올립니다.]

그녀들의 SNS는 네트워크를 이루며 촘촘하게 퍼져 나갔다.

6. 거침없는 행보!

기적!

그 단어가 윤도를 찾아왔다. 일방적으로 독주하던 투표가 균형을 맞추기 시작했다. 그건 흡사 윤도의 장침 과정과도 비슷했다. 의술의 양심으로 바닥부터 시작한 질병과의 승부. 어쩌면 그건 무모해 보이기까지 했다. 하지만 윤도는 결국 판을 뒤집었다. 저 하초에서 몰아친 기혈을 상초로 밀어붙여 아이들을 고통에서 해방시키고 말았다.

투표의 추세도 치료와 닮은꼴이었다. 완전하게 기울었던 판에 희망이 찾아들었다. 그리고 종료 20분 전에는 마침내 근소하게 따라붙었다. 이제 추세는 윤도 쪽이었다.

결정타는 섬에 찾아왔던 엄마들의 가세였다. 그때 아기의 간기를 치료하고 갔던 엄마. 그녀 또한 또 다른 맘 카페를 동원해 힘을 얹어주었다.

종료가 가까워지자 윤도 표가 급상승하기 시작했다. 결국 종료 5분여를 남기고 300여 표를 역전하는 반전이 연출되었다. 스포츠보다 드라마틱한 순간이었다.

"와아!"

엄마들의 함성이 병실에 울려 퍼졌다. 아이들을 안고 춤을 추는 엄마들이었다.

결과는 윤도의 승으로 끝났다. 피를 말리는 신승이었다.

"선생님!"

엄마들이 윤도에게 몰려와 발을 동동 굴렀다. 용 피디는 한쪽 구석에 서서 붉어진 눈시울을 숨겼다. 천리마를 못 알아보고 헐값에 팔아버린 중국의 고사처럼, 대박 명의를 차버릴 뻔한 피디였다.

"선생님, 진심으로 축하합니다."

엄마들의 합창 소리가 높았다. 모두의 목소리는 장마철 들판처럼 흠뻑 젖었다. 웃음소리가 높아갈 때 한 아이가 말했다.

"엄마, 웃다가 웃으면 똥꼬에 털 난대."

그 말에 병실은 또 한 번 행복에 겨운 웃음바다가 되었다.

하하핫!

"축하합니다."

용 피디가 축하를 해왔다.

"고맙습니다. 얼떨떨하네요."

"저도 그래요. 만약 선생님이 떨어졌으면 이 프로그램 사표 낼 생각이었습니다."

"사표까지요?"

"제 실수잖아요? 이거 두고두고 공부로 삼을 겁니다."

"별말씀을……."

"나머지 촬영분은 자유 선택 하셔도 됩니다. 보아하니 개업 직전이시던데 일단 선생님 한의원에서 몇 커트만 찍으시고 환자 진료 장면은 오늘 것으로 대체해도 됩니다. 물론 흥미로운 진료가 있다면 스케줄 조정은 얼마든지 가능하고요."

"네……."

"스튜디오 현장 촬영분의 환자 역시 요청하실 수 있습니다. 병명을 알려주시면 저희가 병원에 섭외해서 모셔놓도록 하겠습니다."

"예."

"보조 출연자는 이 대표님이 지원해 줄 수 있다고 하시던데 그렇게 하시겠습니까? 아니면 저희가 따로 섭외할까요?"

"제 방송은 이 대표님이 매니저이니 그 말에 따르겠습니다."

"그럼 한의원 촬영분은 내일 정오 지나 선생님 한의원에서 끝내고 바로 스튜디오 녹화로 들어가겠습니다."

"예."

"여러분, 수고 많으셨습니다. 고맙습니다."

용 피디가 찬조 환자들에게도 인사를 전했다.

"저희도 내일 방청객으로 갈 건데 그래도 되죠?"

아이들 엄마들이 물었다.

"당연하죠. 좌석이 없으면 임시 의자라도 준비하겠습니다."

"선생님, 파이팅이에요!"

"파이팅!

엄마들이 주먹을 쥐어 보이자 아이들도 덩달아 주먹을 쥐었다.

"고맙습니다."

윤도가 인사를 받았다. 윤도 눈에 아이들의 환한 얼굴이, 창을 넘어온 햇살과 함께 들어왔다.

"……!"

순간 윤도는 보았다. 아이들… 그 얼굴에 어리는 헤이싼시호의 중국 아이… 그 시린 빛의 출렁임… 아까와는 달리 어쩐지 웃는 듯한 느낌…….

그러자 거짓말처럼 하나의 각성이 윤도를 스쳐 갔다. 다섯 환자들… 천식과 축농증에 비염, 아토피피부염… 그러나 이런 아이들이 전국에 한둘일까? 이 자리의 윤도는 명의처럼 떠받들어지고 있지만 알고 보면 질병에 고통받는 아이들 중에서 극소수를 구제했을 뿐이었다.

―고질병을 고치면 명의.

―죽을병을 고치면 신의.

―죽은 사람도 고치면 천의.

윤도가 아는 공식이었다. 그걸 다르게 해석했다.

―한 사람을 고치면 명의.

―만인을 고치면 신의(神醫).

타이틀은 중요하지 않았다. 문제는 윤도 가슴을 치고 들어오는 각성이었다.

'계시다.'

피가 얼어붙는 것만 같았다. 계시가 분명했다. 이제 한 사람의 난치병을 고치는 데 만족하지 말고 만인의 질병을 돌아보라는…….

'그래.'

윤도가 고개를 끄덕였다. 환자 하나를 고치며 추앙받는 일은 할 만큼 했다. 그렇기에 이제는 더 큰 걸 바라볼 때였다.

순간의 각성은 윤도의 의술에 등대가 되었다. 한의사로서 책임감에 대한 등대… 한두 사람을 위한 명의가 아니라 수천, 수만을 살리는 치료제의 길을 마음에 품게 된 것이다.

적어도 한 질환이라도, 한두 사람의 환자가 아니라 만인을 위하여.

한방병원을 나올 때였다. 복도 끝에서 상대 한의사가 다가왔다.

"어이!"

그가 윤도를 불렀다. 윤도가 걸음을 멈췄다.

"당신이 그 채윤도였어?"

상대의 말투는 굉장히 까칠했다.

"……."

"젊은 분이 그러시면 안 되죠."

말은 존대지만 가시가 느껴졌다.

"무슨 뜻인지……."

"시청자 투표 말입니다. 그런 쪽에 잔머리가 빠삭하신 모양이네?"

"……?"

"젊으신 분이 정치 좋아하면 못 씁니다. 뭐 안 그래도 그 나이에 명의열전에 나온다기에 뭔가 있지 싶던 일이긴 하지만……."

"요지를 말씀해 주시죠."

윤도 목소리에 힘이 들어갔다. 선배라고 예우를 갖출 마음은 없었다.

"됐습니다. 나가서 한의사 망신이나 시키지 마세요."

상대는 냉소를 남기고 돌아섰다. 나중에 알았지만 그가 바로 탁상명이었다. 윤도의 한의원에서 가까운 화암한의원 원장… 최근 미용침과 난치병 침술로 기치를 올리는 그 사람…….

그는 까칠함 자체는 이해할 수 있었다. 그는 사실 방송 노하우를 가지고 있었다. 그렇기에 윤도 촬영장에 사람을 보내 동향을 파악하고 있었다. 윤도가 헛발질을 했다. 그 보고를 받고서 마음을 놓았다. 관찰자를 철수시켰다. 그의 입장에서 보면 윤도는 풋내기 한의사였다. 어쩌다 여객선 사고로 뜬 까닭에 불려 나온 것으로 판단했다. 탁상명에게 있어 윤도는 그 이상도 이하도 아니었다.

그런데…….

다 된 밥에 코가 빠졌다. 알고 보니 그 코가 보통 코가 아니었다. 그가 임기응변으로 막은 질환을 원천에서 치료한 것이다. 믿기지 않았다. 그의 경험상, 윤도 나이에 이룰 수 없는 침술이었다. 하지만 방송이다 보니 대놓고 항의할 수 없었다. 그렇기에 핏대를 올리는 것으로 유감을 대신한 탁상명이었다.

윤도는 그냥 웃었다. 이제 그 정도 여유는 있었다.

"부용 씨는 알고 있었어요?"

부용의 차 안에서 윤도가 물었다. 윤도의 한의원으로 돌아가는 길이었다.

"미리 말하지 않아서 죄송해요. 피디하고 약속을 했거든요."

"잘하셨습니다."

부용을 탓하지 않았다. 사실 미리 알았다고 해서 달라질 일도 없었다.

"그나저나 얼굴 확 구겨졌던데요?"

운전하던 부용이 윤도를 돌아보았다.

"나오면서 만났어요."

"뭐라고 해요?"

"핏대 오른 거 같더라고요."

"그렇겠죠. 장난질을 치고도 낙마를 했으니……."

"장난질이라고요?"

"시청자 투표 때 문제가 있었어요. 수상한 몰표가 들어왔거든요."

"몰표?"

"그 사람 장난질이에요. 지난번에 다른 프로그램에서 출연진 선택할 때도 선례가 있었거든요. 간호사들과 환자를 동원해서 몰표로 몰아가는… 제가 방송국 직원에게 몰표 아이디 확인을 부탁했더니 그때의 아이디들이 상당수라고 하더라고요."

"그러고 보니 핏대 오를 만하군요."

"더 놀라운 건 선생님이에요. 촬영 팀에게 듣기는 했는데… 오늘 일, 의도한 거 아니죠?"

"전혀요. 저는 솔직히 출연을 포기하고 한 일입니다."

"그렇다고 포기까지는……."

"투표로 결정한다면서요? 거기다 상대방은 몰표 투표단까지 준비하고 있었고……."

"저는 뭐 폼으로 있나요?"

부용이 웃었다.

"무슨 뜻이죠?"

"저 그런 꼴은 못 보거든요. 엄마들 표가 들어오지 않았으면 제가 나섰을 거예요."

"부용 씨……."

"승부란 정정당당하게 겨뤄야죠. 몰표로 치자면 누가 저를 당하겠어요? 하지만 선생님은 제가 그런 능력을 발휘할 기회도 주지 않았으니 더 대단하다는 거예요."

"아무튼 고맙습니다."

"고마우면 침 좀 부탁해요."

"어디 아파요?"

"제가 아니고 찬조 출연 할 애들요."

"찬조라면?"

"기왕 나가시는 거면 제대로 해야죠. 해서 전의 약속대로 우리 소속사 애들 일부를 출연 대기 시켜놓았어요. 그랬더니 얘들이 출연료 대신 선생님 장침 맞게 해달라고 징징거리고 있어요."

"……."

"안 될까요?"

"안 될 거 없죠. 당장 와도 문제없습니다."

윤도의 응답에는 주저가 없었다.

점심시간, 부용이 식사를 마치고 돌아갔다. 윤도는 한의원 터에 혼자 남았다.

일침한의원.

간판을 만져보았다. 나무의 촉감과 향이 좋았다.

원장실로 돌아와 짐을 풀었다. 일단 산해경의 영약 샘플부터 약제실 샘플 칸에 넣었다. 다음으로 한의서와 침통 등을 정리했다. 짐 사이에서 오래된 침통 하나가 나왔다.

"……!"

그 침통이었다. 집수리를 할 때 버려졌던 침통. 윤도가 잘 닦아 간직해 두었던 침통. 장식장 유리 안에 고이 모셔두었다. 어쩐지 잘 어울려 보였다. 진경태는 오후에 오기로 했으니 시간이 좀 남았다.

이제 같이 일할 여직원들을 만날 시간이었다. 상담실장과 간호사들은 추천을 받았다. 광희한방병원에서 지병과 출산 등으로 그만둔 두 명이었다.

첫 방문자는 상담실장 후보 정나현이었다.

윤도가 일부러 지명한 케이스였다. 그녀는 유사 경력이 있었다. 다만 치명적인 단점이 있었으니 바로 구취였다. 구강 청정제를 뿌리고, 향기 나는 사탕을 먹고, 하루 열 번씩 양치를 해도 냄새는 가시지 않았다. 때로는 마스크 도움을 받았지만 그녀 자신이 스트레스에서 벗어나지 못해 병원을 그만두었다.

소개한 사람은 광희한방대학병원의 간호사였다. 능력 있는 그녀가 구취 때문에 사회 활동을 접은 게 안타까워 윤도에게 구취 장침을 상담해 왔던 것.

"저랑 같이 일한다고 하면 고쳐 드리죠."

조금 속 보이는 옵션을 내걸었다. 친구의 극찬을 들은 그녀가 그 제의를 받아들였다. 그리고 이제 면접이라는 이름으로 만나게 된 것이다.

그녀가 도착하자 윤도는 장침부터 시침했다. 손목 아래의 대능혈과 새끼손가락에 가까운 전곡혈이었다.

"결과 보고 얘기하자고요."

땡!

정나현을 위한 타이머가 꺼졌다.

"어때요?"

침을 뽑은 윤도가 물었다.

"하아, 후아, 후!"

정나현은 입김과 후각을 총 동원해서 구취를 확인했다.

"……."

그녀의 얼굴이 확 굳었다가, 확 펴졌다. 구취가 사라진 것이
다.

"신기해요. 솔직히 친구가 신침이니 뭐니 할 때는 별로 믿지
않았는데……."

실장으로 낙점된 정나현은 좋아 어쩔 줄을 몰랐다. OK가 떨
어졌다. 침 하나로 원하는 사람을 얻었다.

간호사 후보들도 마음에 들었다. 간호사 둘과 미화원 아줌
마는 윤도의 제의를 거절하지 않았다.

"제 스카우트에 응해주신 데 감사를 드립니다.

스카우트!

그 말로 네 사람의 기를 살려주었다.

한의원에 사람 온기가 퍼질 때쯤 방문객이 들어왔다.

"아저씨!"

양손에 한약재를 가득 들고 등장한 사람은 진경태였다. 장터
의 명물 한약쟁이 진경태.

"한의원 죽이는데요?"

진경태가 웃었다.

"일찍 오셨네요."

윤도가 그를 맞았다. 마침내 산골 생활을 정리하고 올라온 진경태였다.

"그건 뭐죠?"

윤도가 짐 꾸러미를 보며 물었다.

"약성 좋은 놈들만 추린 한약입니다. 선생님 올라가고 나서 부지런히 산 좀 탔죠."

진경태가 꾸러미를 펼쳐 보였다.

"……!"

윤도가 휘청 흔들렸다. 심산유곡에서 캐낸 각종 한약재들. 요즘 세상에 보기 힘든 귀물과 대물들의 위용은 가히 압도적이었다.

"세상에… 허리도 안 좋으셨는데 쉬지도 않고……."

"몸뚱이라는 건 안 움직이면 망치는 겁니다. 잘 아시면서 그러세요."

"그래도……."

"어때요? 쓸 만합니까? 선생님 눈이 자동 분석기잖아요?"

"좋네요."

윤도가 웃었다. 실제로 그랬다. 각종 항암버섯부터 진귀한 약재들은 최소한 中中을 찍어댔다. 현대의 기준으로는 上中급 이상이라는 뜻이었다.

"약재 분석실이 있다고 했었죠? 알려주시면 거기다 정리하겠습니다."

"따라오세요. 약제실이 꽉 차는 느낌이겠는데요?"

인사가 끝나자 윤도가 보따리 하나를 집어 들었다.

"이야!"

약제실에 들어선 진경태가 감탄을 토했다. 첨단장비와 더불어 최적의 한약장, 그건 그가 상상하던 이상이었다.

"선생님, 정신 많이 나가셨군요?"

진경태가 어깨를 으쓱해 보였다.

"그런가요?"

"이 시설 유지하려면 돈 많이 버셔야 할 텐데……."

"벌면 되지요."

"대학병원 연수는 끝난 겁니까?"

"저도 아저씨처럼 준비 완료입니다. 아, 이제부터는 진 선생님으로 부르겠습니다."

"아닙니다. 그냥 아저씨라고 하세요. 원장님!"

"싫은데요? 게다가 정식 한약사시잖아요? 원래 병원에서는 가운 입으면 다 선생님 호칭이고……."

"그럼 저 바로 내려갑니다?"

"……."

"아저씨, 아셨죠? 원장님!"

"뭐 그렇게까지 협박을 하시면……."

"어, 그런데 이건 뭐죠?"

진경태의 시선이 투명 샘플 칸으로 옮겨갔다.

"제가 구한 약재들입니다. 나름 영약이에요."

"좀 봐도 될까요?"

"그러세요. 다만 사용하거나 할 때는 제게 허락을 구하셔야
합니다."

"그야 당연하죠. 처방은 원장님이 내시는 거니… 음……. 약
성이 기막힌데요. 뭔가 아련하면서도 산삼의 느낌처럼 심오한
향……."

진경태는 진지했다. 더불어 능력 또한 놀라웠다. 정확한 팩
트는 짚어내지 못하지만 영약을 알아보는 것이다.

"역시 원장님은 명의로군요. 명약은 명의가 아니면 따라붙지
않거든요."

"고맙습니다."

"제가 가져온 약들은 약전 기준에 맞춰 분석하고 샘플 분석
의뢰도 보내겠습니다. 장터라면 그냥 팔아도 되지만 한의원은
그러는 게 좋습니다."

진경태는 시스템을 제대로 알고 있었다.

"그러세요."

"알겠습니다."

"분석기 사용법은 그쪽에서 오기로 했으니 직접 연락해서
미팅 잡으세요. 시간이 되면 저도 같이 배울게요."

"원장님도요?"

"제가 아저씨 같은 능력자 모실 때 탕약이나 끓이자고 모셨
겠어요? 우리 의학계 한번 뒤집어보자고요."

"원장님……."

"저 장침이나 놓으면서 폼 잡고 살지는 않을 겁니다. 가능하면 천 명, 만 명을 고치는 신약도 만들어낼 거라고요. 장침만으로는 고통받는 사람들을 돕는 데 한계가 있잖아요."

'신약?'

신약 개발.

윤도 입에서 처음 나온 단어였다. 그러나 분위기로 보아 그냥 한번 뱉는 말도 아니었다. 대충 한의원만 운영할 일이라면 이런 규모의 약제분석실이 필요치 않은 것이다.

진경태의 표정이 굳어버렸다.

—신침과 약재를 보는 신안.

진경태가 아는 윤도였다. 산해경의 일은 까맣게 몰랐다. 하지만 앞의 두 가지만으로도 가능한 일이었다. 상상불허 이 남자. 윤도는 무심하지만, 가히 압도적이었다. 진경태는 이마를 스쳐 가는 서늘함에 온몸을 떨었다.

대화하는 사이에 첫손님이 도착했다. 윤도의 가족이었다. 아침에 윤철에게 남긴 특명. 그게 바로 부모님 모셔오기였다.

"인사하세요. 저희 부모님과 동생이에요."

윤도가 가족을 소개했다.

"우와… 여기가 우리 채 의원 한의원?"

어머니는 절반쯤 넋이 나간 표정이었다. 아버지 역시 놀라는 건 다르지 않았다.

"침구실로 들어가세요. 개시로 두 분 침 좀 놔드리고 환자

받으려고요."

"채 의원……."

어머니의 눈시울은 금세 젖었다. 사양하는 두 사람이지만 윤도가 양보하지 않았다. 낳아주고 길러주고 온갖 투정과 짜증을 다 받아준 부모님. 집에서 대략 침을 놓기는 했지만 정식으로 시침하고 싶은 게 윤도의 마음이었다.

아버지가 시작이었다. 다시 자잘한 질환이 쌓여 있었다. 소화기도 그렇고 눈도 그랬다. 장침을 넣었다.

"어휴, 시원하구나."

아버지의 말을 뒤로하고 어머니에게 다가섰다.

"윤도야."

어머니가 손을 잡았다.

"왜요?"

"그냥… 꿈만 같아서……."

"뭐가요?"

"우리 채 의원 말이야… 공중보건의 가서 섬에 떨어진 후에 상심하길래 엄마 마음이 많이 아팠거든. 엄마 아빠가 빽이 없어서 그런 데로 밀렸나 하고 말이야."

"어머니는… 거기 제 사수는 S대 나온 사람이었어요."

"아무튼 그 어려움 잘 이겨내고 이렇게 반듯하게 개업하니까 너무 고맙다. 엄마 아빠가 해준 게 없어서 미안하긴 하지만……."

"저 사람, 또 쓸 데 없이……."

듣고 있던 아버지가 핀잔을 날려왔다. 윤도는 차분히 장침을 찔렀다. 어머니 역시 잔병투성이였다. 그래도 큰 병이 없는 게 고마울 따름이었다.

"어머니."

"응?"

"실은 저 내일 명의열전 방송에 출연하게 되었어요."

"어머, 정말?"

어머니가 상체를 발딱 세웠다.

"스튜디오에 환자를 모셔서 치료시범을 보여야 할 거 같은데 어떤 환자를 모시면 좋을까요? 방송국에서 저보고 선택하면 섭외해 오겠다던데……."

"그 자리에서 치료를 하는 거야?"

"아마……."

"채 의원 생각은 어떤데?"

"제 생각은 쉬운 사람 데리고 헛 폼 잡는 것보다는 좀 어려운 분을 도왔으면 해요."

"하지만 그런 사람은 치료 효과가 없어 보일 수도 있잖아?"

어머니는 어머니다. 그녀는 윤도 걱정부터 앞세웠다.

"제가 열심히 해야죠."

"그럼 채 의원 하고 싶은 대로 해. 나는 무조건 채 의원 편이야."

"아버지는요?"

"동감이다. 우리가 뭐 한의학에 대해 아는 것도 아니고."

아버지도 윤도를 지지해 주었다.

"고맙습니다."

인사를 한 윤도가 멀뚱히 선 윤철을 바라보았다.

"너는 왜 안 눕는데?"

"나? 나도 침 맞아?"

"당연하지. 너는 뭐 다리 밑에서 주워 온 자식이냐?"

"난 아픈 데 없어. 나한테 장침 꽂으면 과잉 진료거든."

"미안하지만 의료보험 청구 안 한다. 그러니 빨리 누워."

윤도가 윤철의 목덜미를 끌었다.

"아, 씨… 그럼 나는 머리 좋아지는 침이나 놔줘. 다른 건 정말 필요 없거든."

"한 가지 필요한 게 있을걸?"

"뭐?"

"정력 저하. 너 요즘 방 안에 티슈가 너무 빨리 없어지더라. 정기 너무 방출하면 집중력 떨어지거든. 그거 확 줄여놓으면 머리도 좋아질 거다."

"형……."

버둥거리는 윤철의 몸에도 장침이 들어갔다.

팍팍팍!

"으아악!"

비명도 울려 퍼졌다. 아직 침을 놓기도 전이었다.

"어우, 이 겁쟁이놈. 군대는 어떻게 갔다 왔을까?"

"쳇, 군대에서는 그런 침 안 놓거든."

투덜거리던 윤철은 어느새 혈자리에 들어선 장침을 보았다. 귀여운 엄살 비명이 또 한 번 한의원을 흔들었다.

다음 날, 면허증 전시식을 거행했다. 윤도뿐만 아니라 진경태의 한약사 면허, 여직원들의 간호사 면허증도 나란히 걸었다. 윤도 것만 건 것보다 보기에 좋았다. 멤버들의 자부심이 쑥 올라가는 순간이었다.

부용 소속사 연예인들이 오는 동안 각오를 다졌다. 밤에 뽑아둔 환타 커뮤니티의 댓글들이었다.

—의사가 도무지 얘기를 들으려 하지를 않아요. 두어 마디 하면 딱 끊고 처방을 때리네. 의사 만나려면 증상을 달달 외워서 빼먹지 말고 말해야 하는 스킬 과외가 필요하다니까, 젠장.

—병원 가기 겁난다. 차도가 없다고 하면 의사들이 인상부터 쓴다. 불편을 호소해도 한쪽 귀로 흘려 버린다. 지들 가족도 이렇게 치료할까?

—나이 들면 병원 가지 마라. 짐짝 취급받는다. 그래봤자 소염진통제나 안겨주는데 무슨 치료? 수치 내려갔다고 좋아할 거 없다. 약 끊으면 다시 원점이다.

—애당초 근본 치료가 아니라 임시변통인데 무슨 병이 나을까? 기대하는 게 ㅂㅅㅇㅈ.

—의사들은 하지 마라를 달고 산다. 술 먹지 마라. 담배 피우지 마라. 커피 마시지 마라. 탄산음료 마시지 마라. 자극적 음식

피하라. 규칙적으로 살아라. 꾸준히 운동해라……. 애당초 그렇게 살 수 있는 팔자였다면 누가 병에 걸릴까?

환자들의 불만을 읽다 보니 겸허해졌다. 윤도라고 그런 적이 없는 게 아니었다. 한 번은 하소연을 들어주었더니 그 히스토리가 갓난아이 때까지 이어졌다. 반 원장에게 눈총 깨나 받았다.

'의술……'

그 단어를 곱씹으며 각오를 다졌다. 이제는 개업의가 된 윤도. 이 안에서 일어나는 모든 일에 책임을 져야 하는 것이다.

얼마나 지났을까? 접수실 쪽에서 비명이 터졌다. 놀라지 않았다. 짐작 가는 일이 있었다.

"원장님!"

막내 간호사 승주가 뛰어들어 왔다. 예상대로 해피 프레지던트의 일곱 아이돌이었다. 그들만이 아니었다. 장현서와 이가인까지 동행한 스타 부대였다.

미녀들 시침이 끝나갈 무렵에 용 피디 팀이 도착했다. 진맥과 시침 장면, 약제실에서 약재를 고르는 장면 등을 찍고 한의원 촬영 분량을 끝냈다.

"이제 본편 촬영장으로 갑니다."

용 피디가 윤도에게 말했다. 본편… 윤도의 긴장감이 살짝 고개를 들기 시작했다.

"보시죠."

방송 차량 안에서 피디가 진행표를 보여주었다.

"환자들 말입니다. 선생님 요청에 맞춰 대기를 시키기는 했는데……."

운을 떼는 피디 얼굴이 무거워 보였다.

"그런데요?"

"클라이맥스로 선택 환자는 무리가 아닐까 싶은 생각이 들어서… 미리 만나보시고 어려울 거 같으면 교체를 하셔도 됩니다."

"괜찮습니다. 제 입으로 드린 말씀인걸요."

"하지만 그 질환은 대학병원에서도 손을 못 대는 불치병이라……."

"시청률 떨어질까 봐서요?"

"……."

"한번 믿어보세요!"

윤도의 대답에는 거침이 없었다. 방송 차량은 어느새 한강 다리를 건너고 있었다.

7. 이 방송 실화냐?

"안녕하세요? 명의열전 진행자 유재덕입니다."

와아아!

함성과 함께 녹화실에 박수가 쏟아졌다.

"오늘부터 제가 제3대 진행자로 나서게 되었습니다. 지금까지 고생해 주신 강오동 씨와 김워니 씨도 프로그램의 더 큰 발전을 위해 자리를 같이해 주셨습니다."

진행자의 말과 동시에 앞쪽에 포진했던 강오동과 김워니가 일어섰다.

짝짝!

둘을 위해 또 한 번의 박수가 쏟아졌다.

"오늘부터 저를 도와주실 진행자들도 함께 소개합니다."

유재덕이 보조 진행자석을 가리켰다. 베일에 가려져 있던 여섯 사람이 공개되었다. 다들 다른 프로그램에 가면 메인 진행자가 될 사람들. 그 중량감에 방청석이 술렁거리기 시작했다. 지금까지도 최고의 진행자를 투입하던 프로그램. 하지만 이번에는 소위 SSS급 진용의 포진이었다. 그건 TBS가 이 프로그램을 계속 간판으로 키워가겠다는 의지의 표현이었다.

용 피디는 1번 카메라 옆에 붙어 있었다. 노련한 진행자와 달리 그녀는 상당히 상기된 표정이었다.

"오늘 자로 명의열전은 진행자도, 진행 방식도 싹 바뀌게 되었습니다. 앞으로 여러분의 뜨거운 사랑을 바라며 대폭 개편된 프로그램의 첫 출연 명의를 모실까 합니다. 먼저 화면부터 보시죠."

진행자가 중앙을 가리켰다. 화면이 떠올랐다. 서울의 한약거리로 불리는 제기동이었다.

"침술하면 누가 떠오릅니까?"

리포터가 시민들에게 물었다.

허준입니다.

허임입니다.

화타입니다.

편작입니다.

"그럼 이 시대의 침술 명의는 누가 있을까요?"

이번에는 대구 약령시장 앞에서 질문이 이어졌다.

김남우입니다.

조수황입니다.

탁상명입니다.

공광태입니다.

시민들의 대답이었다.

"첨단 의학이 날로 발전을 거듭하는 21세기입니다. 이 시대에도 화타나 편작에 버금가는 침술 명의가 있을 수 있을까요?"

화면은 부산 자갈치 시장으로 옮겨갔다. 시민들이 대답했다.

"천지빼가리에 침술 명의가 어딘노? 내사 마 낯빼기도 몬 봤다 아이가?"

"아뇨, 내가 몸이 대서 침 좀 맞고 싶은데 그런 사람 있으면 소개 좀 시켜도."

"엥가이 해라 마. 요즘 침쟁이들 영 파이다."

화면에 마지막 리포터가 나왔다. 그녀도 비슷한 멘트를 던졌다.

"우리나라에 침술 명의는 누구?"

질문이 허공을 차고 나갔다.

"채윤도 선상님!"

화면이 변하면서 할머니 할아버지들이 떼창하는 영상이 나왔다. 갈매도였다. 보건 지소 앞에서 수십 명이 모여 외친 이름이었다. 세희도 있고 차 선장도 있고 이장과 어촌계장도 보였다.

"다시 한번 말해주세요."

"채에유운도!"

어르신들의 함성은 갈매도 앞바다로 달려가 파도와 섞였다. 화면은 속도감 있게 방송국으로 옮겨왔다.

"이 시대 혜성처럼 등장한 젊은 영웅, 장침의 마법사로 불리는 채윤도 한의사를 초대합니다!"

진행자가 무대를 가리켰다. 장중한 음악과 함께 커튼이 열렸다. 색이 깃든 가운을 입은 윤도가 등장했다. 종이 꽃술이 쏟아지고 음악이 고조되면서 박수가 절정을 이루었다.

"채윤도, 채윤도!"

목 터지는 연호는 실험군에 참가했던 엄마들이었다. 그 다섯 명만이 아니었다. 그녀들과 커뮤니티를 이루는 맘 까페의 젊은 맘들이 수십 명 자원했다. 그녀들은 소녀의 감성으로 윤도에게 열광적인 환호를 보냈다. 개중에는 유모차를 끌고 온 엄마도 있었다.

"아, 시작부터 압도적이군요. 혹시 선생님의 응원 부대인지?"

진행자가 위트 섞인 질문을 던졌다.

"죄송합니다. 아직 부대를 조직할 능력이 없어서 말이죠."

윤도 역시 조크로 비켜갔다. 윤도의 멘트 중에 화면에 프로필 자막이 나왔다.

[일침한의원장.]

[TS전자 의무실장.]

"오늘 출연하신 채윤도 한의사는 사실 아는 분들에게는 이미 기적의 명침으로 불리고 있습니다. 방송 관계상 일일이 열거하지는 못하지만 확인 결과 모두 사실로 드러났습니다."

유재덕은 특유의 멀건 웃음으로 멘트를 이어갔다.

"하지만 오늘부터 대폭 체인지된 명의열전. 침술은 현장검증이 가능하니 바로 검증에 들어가 봅니다. 선생님, 자신 있습니까?"

"최선을 다해 보겠습니다."

"참고로 말씀드리지만 삐거나 신경통처럼 단순한 환자들이 아닙니다. 괜찮겠습니까?"

"괜찮습니다."

"아, 역시 소문처럼 내공이 빵빵하시군요. 그럼 지금부터 검증에 착수합니다. 간호사 선생님들, 환자분들 모시고 나와주세요."

유재석이 무대의 커튼을 가리켰다. 아련한 배경음과 함께 환자의 침대가 들어오기 시작했다. 아담한 침대는 모두 네 개. 그 위에는 환자 넷이 앉아 있었다.

"모시겠습니다. 오늘의 명의 채윤도 한의사입니다."

진행자의 멘트를 따라 윤도가 일어섰다.

"와아아!"

엄마 부대에서 환호가 터져 나왔다. 윤도의 부모와 윤철도 박수로 응원했다. 반대편 두 번째 줄에 착석한 부용은 깊은 날숨을 쉬며 시선을 가다듬었다.

"참고로 이 환자들과 채윤도 한의사는 만난 적이 없습니다. 이분들은 현재 각 병원이나 한의원에서 치료 중이지만 차도가 없어 저희 프로그램에 자원하신 분입니다."

유재덕의 멘트를 뒤로하고 윤도가 첫 환자 앞에 섰다. 차분하게 진맥에 들어갔다.

"오른쪽 팔이 아프시군요?"

진단은 오래 걸리지 않았다.

"맞습니다. 신경통 같은데 죽어도 낫지를 않아요."

환자가 대답하자 방청석에서 박수가 나왔다.

"오른팔이 아파? 그럼 오십견 아니야?"

"그러게? 별거 아니네?"

방청석에서 수근거림이 들렸다. 그 소리는 화면의 진료 일지가 지워주었다. 환자는 무려 3년이나 치료를 받고 있었다. 대학병원도 다녔고 한방병원도 다녔다. 물리치료에 침과 뜸도 받아보았지만 그때뿐이었다.

"하도 고질이라 속는 셈 치고 와봤습니다."

환자는 심드렁했다.

"어떻습니까? 치료가 가능합니까?"

유재덕이 윤도를 바라보았다.

"가능합니다."

그사이에 윤도는 벌써 침통을 개방하고 있었다.

"원인도 알 수 있습니까? 왜 치료가 안 되는 걸까요?"

"이 병은 신경통처럼 보이지만 그 근본은 소장 때문입니다. 이 환자는 소장이 나쁩니다."

"팔이 아픈데 소장이라고요?"

"이 팔의 힘줄이 소장경에 속하거든요. 장침 세 방이면 통증은 끝납니다. 다만 앞으로 소장 치료에 유념하셔야 재발이 되지 않습니다."

윤도의 장침이 출격했다. 천종혈과 소장수를 장악했다. 마지막 한 방은 양릉천혈 자리에 넣었다. 이 혈자리는 다소 난해했지만 윤도의 손가락은 그걸 놓치지 않았다.

분할 화면은 환자의 상태를 보여주고 있었다. 오늘 아침 화면이었다. 대형병원의 재활 치료실. 물리치료사의 도움을 받아 팔을 올려보지만 뻣뻣하기가 나뭇가지 같은 팔이었다.

"팔 움직여 보세요."

양릉천에서 기혈 조화를 맞춘 윤도가 1번 환자에게 말했다.

"……!"

팔을 움직이던 환자가 숨을 멈췄다. 눈동자 역시 휘둥그레진 채 멈춰 버렸다.

"아픕니까?"

유재덕이 물었다.

"아뇨. 귀신에 홀린 듯 안 아픕니다. 허… 참, 이거……."

짝짝짝!

엄마 부대를 시작으로 박수가 나왔다. 첫 미션은 가볍게 통과. 하지만 그건 단지 맛보기일 뿐이었다.

'꿀꺽.'

윤도가 두 번째 환자에게 다가서자 어머니와 아버지가 마른침을 넘겼다. 마치 체육하는 아들의 올림픽 결승전을 보는 듯한 긴장감이었다.

"이분은……."

진맥을 마친 윤도가 유재덕을 향해 말을 이었다.

"피부병입니다. 등 쪽에서 기승을 부리고 있군요."

"오 마이 갓!"

유재덕이 익살스러운 멘트를 토했다. 그 역시 틀림이 없었다. 간호사가 등을 보여주자 보기에도 역겨운 피부 질환이 눈에 들어왔다. 보조 진행자들과 방청석에서도 비명 섞인 탄식이 흘러나왔다.

유재덕이 물었다.

"정확합니다. 이분의 진단서도 확인하시죠."

유재덕이 화면을 가리켰다. 환자의 진단서가 나왔다. 원인 불명의 피부병. 환자 역시 5년 가까이 치료를 받고 있지만 차도가 없었다. 덕분에 독한 약을 먹느라 위까지 버린 경우였다.

"원인이 뭡니까? 간이 나쁩니까?"

"신장입니다."

"신장이라고요?"

"신장과 피부는 불가분의 관계입니다. 신장의 배설 능력이 저하되면 그 독성이 피부로 나올 수 있습니다. 환자는 바로 이 부위에 독성이 쌓인 거죠. 그러니 원인 치료가 선행되지 않으면 나은 듯하다가도 다시 재발하는 것입니다."

"이것도 침으로 가능합니까?"

"해보겠습니다. 다만 실험을 위해 몇 가지 준비를 부탁합니다."

윤도가 말하자 간호사가 준비를 도왔다.

장침이 들어갔다. 신주혈부터 심수혈, 간수혈… 마지막에는 중완과 태계혈 자리에 침을 넣었다. 이 환자의 백미는 장침이 아니었다. 피부 병소에 붙인 흰 거즈였다. 생리식염수를 살짝 묻힌 흰 거즈에 집중하던 방청객들은 숨조차 제대로 쉬지 못했다.

"어머어머!"

보조 진행자로 나온 인기 개그우먼은 시침을 넘겨보다가 입을 쩌억 벌렸다. 거즈의 색이 변해갔다. 장침으로 상처 부위의 독성을 배출시키자 흰 거즈가 오염되기 시작한 것이다. 반면, 대조를 위해 다른 곳에 붙여둔 거즈는 변함이 없었다.

"대─ 박!"

개그우먼은 양 엄지를 나란히 세우며 요란을 떨었다.

"어떠십니까?"

환자의 소감은 유재덕이 물었다.

"개운해요. 가려움증이 사라진 거 같은데요."

"정말이십니까? 단지 침을 맞은 것뿐입니다만?"

"내가 이 병으로 5년을 고생하는 사람이에요. 이런 상쾌함은 처음이에요."

"……!"

환자의 대답에 유재덕의 입까지 벌어졌다.

무대에는 결국 마지막 환자만 남게 되었다.

"안녕하세요?"

여유가 생긴 윤도가 환자에게 인사를 했다.

"선생님, 잘 부탁드려요."

앞선 진료를 지켜본 40대 중반의 여자 환자, 윤도를 향해 정중히 고개를 숙였다.

"진맥하시죠."

유재덕이 말했다. 하지만 윤도는 그저 환자를 바라볼 뿐이었다.

"선생님."

"진찰은 끝났습니다."

윤도가 대답했다. 그 한마디는 촬영장을 의문의 도가니로 몰아넣었다. 하얗게 뜬 얼굴에 오른쪽으로 기운 상체. 척 봐도 맥이 없는 환자였다. 그런데 시작도 없이 진찰이 끝났다니?

"선생님?"

노련한 유재덕조차 당황한 표정을 지었다.

"이분은 목소리와 외형만으로도 진단이 가능합니다."

"예?"

"하늘에는 다섯 색이 있고 지상에는 다섯 음이 있습니다. 그런 까닭에 상당수 환자는 얼굴색과 목소리로도 진단이 가능하다는 거죠."

"그, 그런?"

유재덕이 미간을 찡그렸다. 그는 생각했다. 윤도가 지금 자신을 부각시키기 위해 오버를 하는 거라고. 하지만 윤도는 아랑곳없이 소신껏 말을 이어나갔다.

"이분은 왼쪽 폐가 좋지 않습니다."

윤도가 유재덕을 바라보았다. 유재덕의 시선은 진단을 띄워 놓은 화면으로 옮겨갔다. 진행자조차 궁금했던 사안이었다.

"우!"

방청석에서 신음 섞인 감탄이 나왔다. 윤도의 진단을 적중이었다. 하지만 윤도는 스스로의 진단을 그대로 뭉개 버렸다.

"저 진단은 일부만 맞았습니다."

"일부만 맞다뇨? 방금 폐가 문제라고 하지 않았습니까?"

"그건 맞는 말이지만 이 환자의 진짜 병소는 자궁입니다. 아니, 더 정확히 말하면 신장입니다."

"신장이라고요? 신장 검사는 이상이 없다고 했는데?"

환자가 고개를 들었다.

"검사의 수치가 중요한 게 아닙니다. 중요한 건 오장육부의 기혈 조화죠. 좌측 폐가 나빠진 건 자궁 때문입니다. 환자분은 자궁의 위치가 바르지 않습니다. 자궁은 신장과 연관됩니다. 거꾸로 말해 신장의 기혈을 바로잡으면 자궁이 제자리에 들어서고 배 속의 모든 것이 조화를 이루게 됩니다. 그렇게 되면 폐는 저절로 낫게 됩니다."

"선생님."

"얼굴이 하얗게 뜬 건 폐가 나쁘다는 반증입니다. 폐장은 색으로 치면 흰색에 해당하니까요. 나아가 이분은 ㅅ과 ㅇ 발음이 좋지 않으니 폐와 신장이 함께 좋지 않습니다. ㅅ은 폐의 소리요 ㅇ은 신장의 소리니까요."

"……!"

듣고 있던 유재덕이 입을 벌렸다. 차분한 사람은 이부용뿐이었다. 그녀는 내심 쾌재를 불렀다. 채윤도… 그는 타고난 의원이었다. 첫 방송 출연이면서도 카메라를 압도하는 소신과 확신이 그 증명이었다. 그건 유재덕의 표정에서도 여실히 드러났다.

대박.

이건 진정 대박이었다. 그러니까 지금 이 환자에 대한 진단이 맞아떨어지기만 한다면… 그렇기만 한다면…….

윤도의 장침은 삼초로 들어갔다.

"삼초에 침을 넣거나 뜸을 뜨면 몸이 정화됩니다. 몸 안에 남은 월경의 찌꺼기들도 말쑥하게 사라지죠."

삼초(三焦).

삼초는 명문과 더불어 '유명이무형(有名而無形)'이고 무형이유용(無形而有用)'으로 표현되기도 한다. 다시 말하면 해부학상 실질적인 형태는 없고 오직 기능만 존재한다는 뜻이었다. 기혈의 신비가 아닐 수 없다. 삼초는 상초·중초·하초로 구분된다.

상초―심장·폐를 중심으로 한 흉부.

중초―비장·위장·간장 등을 중심으로 하는 복부.

하초―신·방광 등을 포함하는 하복부.

윤도의 혈자리 구분법으로는 위에서 격수혈까지를 상초, 신수혈까지를 중초, 신수혈 아래를 하초로 삼았다.

신장혈을 잡은 다음 양지와 중완혈에 장침이 들어갔다. 자궁의 위치를 바로 하려는 시침이었다. 이어 중완혈에 들어간 건 화침이었다.

"어떻습니까?"

발침을 하며 윤도가 환자에게 물었다.

"어머머, 배와 폐가 다 시원해졌어요."

"잠깐만요."

환자가 대답할 때 유재덕이 끼어들었다. 그는 환자의 얼굴을 비춰달라고 요청했다. 사진 비교도 요청했다. 화면에 치료 전과 후의 얼굴이 나왔다. 기분이 아니었다. 그 색은 비교가 될 정도로 달랐다. 하얗게 뜬 부분에 생기가 돌아온 것이다.

"아까에 비하면 꿀피부가 되었어!"

개그우먼의 폭풍 오버가 튀어나왔다.

"가능하면 발음도 비교해 보시죠."

그 요청은 윤도의 것이었다.

"우!"

발음 비교 화면이 나오자 방청객들이 탄성을 질렀다. 발음 또한 현저하게 명쾌해져 있었다.

"워어어어!"

개그우먼이 자지러졌다.

짝짝짝!

엄마 부대를 필두로 방청석의 기립 박수가 나왔다. 실험 진료를 위해 참석한 무대의 환자들은 윤도에게 감사 인사를 전하느라 정신이 없었다.

"고맙습니다."

"고맙습니다."

그들의 표정이 말했다. 이것은 쇼가 아니라고. 이것은 각본이 아니라고.

폭풍은 지나갔다. 잠깐 예능인들과 놀아줄 시간이었다. 의술은 의술, 방송은 방송. 철저하게 시청률이 필요한 정글이었으니 시청자들에게 한의학을 이용한 즐거움을 안겨줘야 했다.

"오늘의 게스트 모시겠습니다."

유재덕의 멘트와 함께 해피 프레지던트가 튀어나왔다. 그녀들은 신나는 댄스음악으로 분위기를 바꿔놓았다. 그녀들의 앞줄에는 장현서와 이가인도 있었다. 둘은 걸그룹을 리드하며 기꺼이 망가졌다. 그동안의 이미지와 전혀 다른 막춤까지 동원한 두 스타들 덕분에 진지하던 방청석이 빵빵 터지고 있었다. 그녀들은 자리에 앉아 윤도의 장침을 맞게 된 사연을 들려주었다.

"그때 정말 하늘에서 저를 위해 명의를 내려준 줄 알았어요."

장현서와 이가인이 입을 모았다. 해피 프레지던트도 어린 풋풋함으로 윤도 띄우기에 일조를 했다. 없는 말이 아니었으니 그 또한 시청자들에게 잘 먹히고 있었다.

이어진 차례는 필살기였다. 예능을 가미한 명의열전이기에 출연자의 비기를 보여주는 시간. 윤도는 인기 절정의 '하프 텐' 걸그룹의 멤버 맞추기 신공을 선보였다.

윤도 앞에 놓여진 다섯 명의 손. 얼굴과 몸은 보이지 않았다. 진맥만으로 걸그룹을 맞춰냈다. 대개 건강한 그녀들이었으니 진맥으로 몸을 유추해 연결시켰다.

걸그룹.

그 얼굴이 그 얼굴 같지만 그렇지 않았다. 사람은 체형이라는 게 있다. 혈자리도 그걸 닮는다. 윤도가 도출한 답은 퍼펙트였다.

다만······.

한 멤버의 진맥에서는 고개가 갸우뚱 돌아갔다. 멤버 이름은 윤사니. 그 이름을 따로 새겨두었다.

주제가 폐 쪽으로 쏠렸다. 한바탕 막춤을 섞어댄 이가인이 잔기침을 해댔기 때문이었다.

"가인 씨, 얼굴만 대박이지 폐는 쪽박이네."

개그우먼이 박장대소를 하며 웃었다. 유재덕이 그 멘트를 물었다.

"말난 김에 선생님, 오늘 출연자들 중에서 가장 폐가 나쁜 사람, 혹시 찾아낼 수 있나요?"

"가능하죠."

윤도가 출연자들 앞으로 다가섰다. 그 손은 마침내 한 사람을 가리켰다. 이규리였다.

"나요?"

이규리가 손으로 자기 가슴을 짚었다.

"네."

"내가 왜요?"

턱!

윤도의 손이 그녀 팔등을 가리켰다.

"빽빽하게 난 솜털이 증거입니다."

"솜털이 폐와 관련이 있나요?"

유재덕이 물었다.

"한방식으로 말하자면 삼초에 울체가 생긴 경우입니다. 이렇게 되어 하초에 기혈이 부족해지면 피부의 영양 밸런스가 깨져서 피부가 추워하죠. 그래서 폐가 피부를 보호하기 위해 솜털이 많이 나도록 하는 겁니다. 털은 피부에 속하고 피부는 폐에 속하는 까닭이죠."

"어머어머!"

"제가 침으로 보여 드리죠."

윤도가 침을 꺼내자 이규리가 간이 진료대에 누웠다.

"나 침 싫은데……."

이규리는 눈을 질끈 감은 채 몸서리 연기를 작렬시켰다.

"카메라, 가능하면 솜털을 잡아주세요."

요청을 날린 윤도의 장침이 양지와 중완혈로 들어갔다. 그러자 놀라운 일이 일어났다. 윤도가 두 혈자리에서 침을 돌려 조화를 찾아내기 무섭게 솜털이 얌전히 드러누운 것이다. 분명, 털이 누워버렸다.

"우와!"

확대 화면을 본 출연자들이 입을 쩍 벌렸다.

"하초의 기를 보하면 솜털은 필요가 없어집니다. 그래서 잠이 든 거죠. 이규리 씨는 하초를 보해야만 진짜 꿀피부가 되고 폐도 좋아집니다."

짝짝짝!

박수가 이어졌다. 이번에는 출연자들의 손뼉이었다.

"진짜 명의네, 명의."

"그러게. 저 장침 하나면 만병통치잖아?"

보조 진행자들이 이구동성으로 웅성거렸다. 때 맞춰 최고령 여배우 장세화가 적절한 멘트를 들이댔다.

"그럼 내 귀도 그걸로 될까요? 나이 먹으니 귀가 자꾸 어두워져서……."

"선생님!"

유재덕이 윤도를 바라보았다.

"가능합니다."

윤도가 웃었다.

"어디까지 가능한지 무지막지 궁금해집니다. 난청? 아니면… 혹시 농아까지?"

"다 가능합니다."

"……!"

윤도의 대답에 모두의 입이 벌어졌다. 이 한의사, 너무 오버하는 거 아닌가? 첨단 과학 시대에 대형병원도 못하는 일을 침으로 하겠다니?

확인은 장세화가 맡았다.

"농아까지도 가능하단 말이에요? 그 귀머거리까지도?"

"네."

짧게 대답한 윤도가 뒷말을 이어놓았다.

"100%는 장담하지 못하지만 웬만하면 다 고칠 수 있습니다."

"좋습니다. 그렇다면 바로 검증 들어갑니다."

유재덕이 입구를 가리켰다. 다시 환자 세 명이 입장했다. 동시에 1번 카메라 옆에 있던 용 피디의 안면이 확 굳어버렸다. 여기가 이 프로그램의 하이라이트였다.

사실 명의열전 게시판에는 온갖 불치병과 난치병 환자들이 진료 체험 신청을 했었다. 윤도가 대반전을 일으킨 그 밤에 피디는 의사 타진을 했었다.

—명의만의 비장의 무기.

새로 만든 코너 때문이었다.

비장의 무기…….

피디가 원하는 건 극적인 순간이었다. 의술도 좋지만 극적인 순간이 필요했다. 의술에 신비감을 주려는 의도였다.

그때 윤도는 고심했다.

신비감.

산해경의 영약을 동원한다면, 거짓말 좀 보태서 죽은 사람도 살릴 수 있었다. 하지만 거기까지는 곤란했다. 명의열전은 판타지 영화가 아니었다. 시청자들의 이해가 가능한 범위의 기적이 필요했던 것이다.

이농(耳聾)환자!

윤도의 선택이었다. 농아와 이농은 달랐다. 농아는 듣지 못하는 이에 말하지 못하는 이까지 포함하지만 이농은 오직 듣지 못하는 사람을 뜻했다. 그거라면 방송으로도 적합했다. 즉석에서 증명할 수도 있는 것이다.

"화면을 보시죠. 한 분은 이명의 진단이고 또 한 분은 오른쪽 귀가 들리지 않습니다. 마지막 분은 왼쪽 귀가 들리지 않습니다. 이 진단은 국내 굴지의 병원에서 받은 것으로 전혀 틀림이 없음을 이 유재덕이 보증합니다."

유재덕은 화면 가까이에서 진단명을 가리켰다.

"저도 보증합니다."

"저도요."

보조 진행자들도 분위기를 끌어 올렸다.

"가능합니까?"

유재덕이 윤도에게 재차 물었다.

"가능합니다."

"어머어머, 저 자신감 좀 봐."

최고령 장세화가 분위기 메이커로 나섰다.

"그럼 나도 좀 부탁해요."

그녀가 뛰어나와 네 번째 자리에 앉았다.

"여기서 출연자 여러분께 묻겠습니다. 귀는 어느 장부에 문제가 생기면 나빠지는 걸까요?"

유재덕이 질문을 날렸다.

"귀는 위? 나는 배가 고프면 잘 안 들리던데?"

"맞아. 위예요, 위. 나도 술 좀 오버하면 안 들리더라고요."

"무슨 말씀? 간이 허하면 귀가 안 들립니다. 귀에도 영양이 필요하잖아요."

"나는 닥치고 신장이야, 신장!"

출연자들은 저마다 자기 답의 근거를 들이대느라 바빴다.

"채 선생님?"

유재덕이 윤도에게 답을 물었다.

"답은 신장입니다."

"에? 위가 아니고요?"

오답을 낸 개그우먼이 익살스러운 표정을 지었다.

"신장입니다. 귀의 건강은 신장이 책임지고 있거든요. 신장의 경락이 귀에 연결되어 있기 때문입니다."

"와아, 내가 정답이야, 정답!"

환자 줄에 앉았던 장세화가 환호를 했다.

"장세화 씨는 어떻게 맞춘 거죠? 귀가 안 좋으시다더니 나오기 전에 한의학 공부 좀 했습니까?"

유재덕이 물었다. 그녀의 대답은 간단했다.

"그냥 찍었어!"

"하하핫!"

출연진들과 방청석은 그녀의 조크에 웃음바다가 되었다.

"소리를 듣는다는 건 달빛의 원리입니다. 달은 태양의 빛을 받아서 빛을 내는 거죠. 귀 역시 신장의 기혈을 받아서 소리를 듣습니다. 신장이 건강해야 귀가 잘 들리는 이유입니다."

간단하게 설명을 마친 윤도가 시침에 들어갔다.

이명 환자에게는 귀 옆의 청회혈, 눈과 귀 사이의 상관혈을 찔렀다. 다음으로 오른쪽 귀를 먹은 남자 환자에게는 청회와 협계, 풍지와 중저혈에 침을 넣었다. 왼쪽 귀를 먹은 여자 환자 역시 진맥으로 잡아낸 혈자리에 침을 넣었다.

이 침들은 지금까지의 장침과 달리 약침이었다. 그 침 끝으로 산해경에서 얻은 '문경'이라는 영약 열매의 영력(靈力)을 주입한 것이다. 문경은 대추처럼 생겼다. 귀 먹은 병을 고칠 수 있었다. 마음 같아서는 장침만으로 승부하고 싶었지만 방송은 시간 제한이 있는 진료. 부득 영약의 도움을 받았다.

마지막으로 장세화를 포함해 네 사람 공히 신장 혈자리를 북돋아줄 장침을 넣었다.

귀.

사소한 것 같지만 굉장히 중요하다. 이명의 원인도 다양 복잡하다. 원인은 신장이지만 발생은 과도한 성생활, 중년 이후의 큰 질환, 심한 음주, 가래 등등으로 발생한다.

이명과 달리 이농은 소리를 듣지 못하는 질환이다. 오른쪽 귀가 들리지 않는 건 남자에게 흔히 나타난다. 과로 후에 조심해야 한다. 특히 무리한 '에스' '이' '엑스'가 그렇다. 반면 왼쪽 귀가 그럴 때는 주로 스트레스성이지만 여자에게 종종 보인다. 이농은 종류도 많다.

—귀에 바람이 들어가 염증을 일으키면 귀가 간지러우면서

두통이 동반되므로 풍롱.

―물이 들어간 후에 귀가 들리지 않으면 습롱.

―과로한 후에 귀가 들리지 않으면 노롱.

―기 순환에 장애가 생겨 발생하는 궐롱.

―졸지에 못 듣게 되는 졸롱.

모두가 신장이 약해서 온다고 보면 거의 맞는다.

"……!"

"……?"

장침을 뽑은 후에 청력 테스트가 이루어졌다. 도우미들은 공인 간호사들이었다. 시범 환자로 나온 사람들은 믿기지 않는다는 표정을 지었다. 장세화 역시 다르지 않았다.

"세상에, 귀가 숲에 들어온 것 같아. 소리가 또렷하게 들려요."

그녀의 감격 막춤이 작렬되었다. 잃었던 소리를 찾은 환자들 또한 어안이 벙벙한 표정이었다. 침, 주사, 약, 민간 처방… 무엇으로도 뚫리지 않던 청각이 윤도의 장침 몇 방으로 아작이 나 버린 것이다.

짝짝짝!

다시 박수가 쏟아져 나왔다. 하지만 진짜 하이라이트는 이제 시작이었다.

"그렇다면!"

진행자 유재덕이 진정한 옵션 카드를 꺼내 들었다.

"이분은 어떨까요?"

멘트와 함께 30대 후반의 부부가 걸어 나왔다. 겉보기에는 아무 문제도 없는 부부였다. 그들 뒤의 화면에 진단서와 함께 장애인 등록증이 보였다. 그 진단은 무려 국내 최고 수준을 자랑하는 SS병원 이비인후과의 것이었다. 진단자는 이비인후과 과장. 그 또한 이 자리에 초대가 되었고 자리에서 일어나 존재를 알렸다.

농아.

아내 쪽이었다. 들을 수도 말할 수도 없는 여자였다. 수화는 가능했다. 화면에 두 사람의 관계 화면이 흘러나왔다. 남자는 명문대 출신이었다. 대학생 때 농아원에 봉사 활동을 갔다가 이 여자를 만났다. 여자는 듣지도 말하지도 못했지만 표정이 맑았다. 남자는 여자를 사랑하게 되었다.

남자의 아버지는 직업이 좋았다. 아들의 교제를 말렸다. 엄마가 일찍 죽어 아버지와 자란 아들이었다. 그러다 아버지와 바다낚시를 가게 되었다. 서울로 오는 길에 중앙선을 넘어온 트럭에 받히는 대형 사고를 당했다. 아버지는 즉사하고 아들은 목숨을 건졌다. 부상이 말이 아니었다.

두 달 가까운 대수술의 반복 끝에 목숨을 건졌다. 눈까지 가린 붕대를 풀었을 때 그 앞을 지키고 있었던 건 지금의 아내였다.

"하루도 빠지지 않고 24시간 간병하셨어요."

간호사가 설명을 대신했다. 아내는 죄 지은 듯 일어나 수화를 날렸다.

[살아나 줘서 고마워요.]

수화 사이로 그녀의 눈동자가 별빛처럼 초롱거렸다. 그건 진심으로, 진심이었다.

수화를 남기고 돌아섰다. 자신의 처지를 알기에, 감히 넘보지 못할 남자. 이제 정신을 차렸으니 자신의 자리로 돌아가려는 것이다. 남자는 아직 다 아물지도 않은 다리를 딛고 달려가 아내를 잡았다.

[가지 마.]

서툰 수화를 보냈다. 그게 곧 청혼이었다.

"아내에게 아직 사랑한다는 말을 아직 못 들려줬어요. 아니, 많이 속삭여 주기는 했는데 아내가 못 들어요. 딱 한 번만이라도 내 목소리를 들려줬으면 소원이 없겠어요."

딱 한 번.

저절로 미션이 되었다. 꿈을 풀어놓는 남자의 목소리는 진작부터 젖어 있었다.

"아내분도 그래요?"

수화통역자가 나와 아내에게 물었다.

[네.]

아내의 손이 수화를 그렸다.

"선생님!"

유재덕이 윤도에게 공을 넘겼다. 환자는 간이침대에 누웠다. 윤도가 그녀를 보았다. 해사하다. 얼굴에 악이라고는 눈곱만큼도 없었다. 하지만 잡티는 많았다. 피부도 그렇지만 얼굴에 검은빛과 더불어 희끄무레한 반점이 보였다. 진맥을 시작했다. 영락없이 신장의 기혈이 꼬여 있었다.

"물 마시면 곧잘 토하죠?"

윤도가 남자에게 물었다.

"네."

신장의 기혈 부조화는 문진으로 재확인이 되었다.

"선생님, 직접 진단을 내린 의사로서 어떻게 생각하십니까?"

유재덕이 이비인후과에게 물었다. 의사는 차분한 미소로 고개를 저었다.

"현대의학에서는 불가능하다는 답이 나왔습니다. 그대로 가능한가요?"

유재덕이 윤도를 향해 소리를 높였다. 배경음악이 고조되면서 긴장감이 함께 올라갔다.

"가능할 거 같습니다."

윤도의 대답은 주저가 없었다.

부용이 주목했다.

용 피디도 주목했다.

성공하기만 하면 초대박을 이룰 수 있는 상황. 그러나 실패하면 국장단에게 개망신을 당하고 통편집에 들어가야 할 상황. 그렇기에 용 피디의 얼굴에서는 식은땀까지 흘러내렸다.

짝짝짝!

방청석과 출연자들은 응원의 박수를 보내주었다. 스튜디오에 불이 꺼졌다. 불은 오직 두 곳에서 내려왔다. 윤도가 시침

중인 침대와 그 남편이 두 손을 모으고 있는 애절한 장면의 대조. 조명 색깔까지 명암의 대비를 이루며 이목을 집중시켰다.

"마음 편하게 먹으세요."

[네. 선생님.]

아내가 수화를 그렸다. 윤도의 입 모양을 보고 말을 짐작하는 그녀였다.

맥을 짚었다.

신장에는 열이 있었다. 기혈의 열이다. 그 열은 지양혈에서 확인했다. 신장 열의 통로혈이었다. 다행히 최악은 아니었다. 환자의 이농은 완만하게 들어왔다. 신장에서 시작해 간을 타고 이기문혈로 올라갔다. 병세의 차례를 짚으면 신장—간장—고황—이기문—비위의 순이었다. 이 차례가 바뀐 병을 맞으면 위험하다. 자칫하면 잠자다 죽는 경우까지도 나온다.

'대거혈, 활육문혈, 신수혈.'

중심 혈자리를 차례로 짚어냈다. 하지만 장침은 조금 넉넉히 준비했다. 촬영 때문이었다. 방송이 나가면 수많은 한의사들이 볼 일이었다. 이혈을 짚거나 변형된 혈자리를 짚으면 괜한 논란이 나올 게 뻔했다.

—사짜다!

—정통 침술이 아니다.

원래 누군가 잘되면 배가 아픈 법. 공개된 장소다 보니 원칙에 따라 침을 놓고 승부혈에 집중할 계획이었다. 첫 침은 신수혈 자리에 넣었다. 장침이 아니라 약침이었다. 그런 다음 침을 제거하고 장침을 뽑아 들었다. 첫 침은 귀 옆의 이문혈에서 청궁혈을 지나 청외혈까지 넣었다. 일침삼혈이었다.

"우!"

화면을 보던 방청객들이 탄성을 자아냈다. 두 번째 침은 하관에서 청궁혈로 들어갔다. 그 또한 일침이혈. 두 침은 역 ㄴ자 각도를 이루었다. 하부의 기혈에 신호를 보낸 후에 또 다른 침 하나를 뽑았다.

이번 것은 관원혈에 홀로 들어갔다. 관원은 물의 기운을 주관하는 곳. 환자의 신장에 물(水)이 부족하니 샘물부터 뚫는 것이다. 물은 생명체에 있어 최초, 최상의 에너지원이다. 환자에게 꼭 필요한 정기였다.

이 침은 세 방향 각으로 넣었다. 산해경의 영약을 약침으로 넣었지만 효과의 전달은 기약할 수 없었다. 그렇기에 침감의 극대화를 위해 자극을 강화한 것이다.

이 또한 윤도의 손이 알아서 한 일이나, 본래 마비 등의 질환 치료시에 다용되는 것 또한 다방향 자침이었다. 이농도 따지고 보면 청력의 마비. 결코 헛발질이 아니었다.

신수혈 자리에서 올라오는 기의 탄력이 느껴졌다. 그다음 역시 약침으로 준비했다. 하나는 대거혈에 찌르고, 또 하나는 활육문혈에 대칭으로 찔렀다. 두 혈자리는 정석 공략이 아니었다. 정확히 말하자면 활육문혈은 태을혈과 활육문의 '중간'이었고 대거혈 역시 관원혈과의 '사이'였다.

이유는 두 혈자리가 통로가 너무 좁은 까닭이었다. 통로가 막힌 것과 같으니 중간 지점에서 공략에 나선 것이다. 어렵지만 무난히 자리를 잡았다. 은혈보다 낫고 철혈보다 나았다. 은혈과 철혈은 천분의 일, 만분의 일 확률로 잡히는 희귀한 혈자리들.

은혈(隱穴)은 마치 무협의 자객처럼 숨어 있는 혈자리를 이르는 말이고 철혈(鐵穴)은 쇳덩이처럼 단단해 침으로 찌르기 어려운 혈자리를 가리킨다.

윤도조차 아직 구경하지 못했으니 호사가 한의사들이 지어낸 말일 수도 있었다.

대거혈로 들어간 영약 기운이 올라왔다. 그쯤에서 활육문의 영약 침 끝을 바닥까지 다 집어넣었다. 윤도의 신경은 활육문으로 집중되었다.

신장으로 들어온 나쁜 기운은 활육문을 거친다. 신장의 원기와 대거의 기운, 그 압박으로 밀려나올 사기(邪氣)를 활육문으로 방출하려는 계산이었다.

'온다……'

윤도의 손이 가늘게 떨렸다. 약침 주사기에 남은 영약 용액을 마저 밀었다. 순간, 활육문혈 자리에 반응이 느껴졌다.

우어어!

우어어!

사기의 아우성이다. 오랫동안 병자를 제압하고 통제권에 두었던 사기. 이제 와서 쫓겨나기 싫은 것이다. 하지만 대세는 이미 기울었다. 귀로 올라가는 기의 통로를 막고 있지만 빗발치는 신장의 기를 감당하기는 어려웠다.

'열린다……'

윤도의 손이 먼저 느꼈다. 활육문의 문이 열리는 소리. 그 문을 따라 이농의 사기가 거칠게 밀려나는 소리…….

아아아!

지상에 이보다 더 큰 카타르시스가 있을까?

얼마나 지났을까?

톡!

윤도 이마에서 땀방울이 떨어졌다. 그리고… 윤도는 알았다. 이제 신장의 기가 귀로 향하고 있음을.

그것은 우주에 형성된 블랙홀과 같았다. 하나가 차면 그다음, 그다음 혈자리가 차면 또 그다음. 바닥을 드러냈던 물은 해일처럼 귀를 향해 솟구쳤다.

"어머!"

확대 화면을 보던 개그우먼이 먼저 비명을 질렀다. 환자의 얼굴 때문이었다.

그 얼굴에서 희끄무레한 반점이 나풀거리기 시작한 것이다. 그건 귀가 열리는 신호였다. 윤도는 모두에게 쉬잇 사인을 보냈다.

어찌나 몰입했는지 유재덕과 방청객들까지 입을 막을 지경이었다.

파앗!

기는 마침내 환자 귀의 정수를 가득 채웠다. 면면히 이어지기에 줄어들지도 않았다.

　윤도는 천천히 침을 뽑았다. 그런 다음 환자 몸을 바로 세웠다. 그런 다음 얼어붙은 남편을 불렀다. 남편이 아내 앞으로 다가섰다. 한 장면, 한 장면마다 출연자들은 숨이 넘어갈 지경이었다.

　"이제 고백해도 됩니다."

　윤도가 말했다.

　"선생님……."

　"고백하세요."

　"우리 은정이……."

　남편은 떨리는 소리로 뒷말을 이었다.

　"이제 들을 수 있나요?"

　끄덕!

　윤도는 고갯짓으로 답하고 한 발 물러서 주었다.

　"은정아……."

　남편이 환자의 손을 잡았다.

　"오빠 목소리, 들려?"

　"……."

　"오빠 목소리… 들리냐고?"

　"……."

　"들리면 끄덕해 봐. 아니면 손짓이라도……."

　"……."

　"은정아."

끄덕!

거기서 환자의 고갯짓이 나왔다.

"들리는 거야? 내 목소리가 들리는 거야?"

끄덕!

한 번 더 반복되는 고갯짓.

"으아악, 하느님 감사합니다. 감사합니다!"

남편은 더 말하지 못하고 환자를 껴안아 버렸다.

"고백… 하셔야죠?"

유재덕이 주의를 환기시켰다. 그제야 남편은 오열을 멈추고 환자의 양볼을 잡았다.

"은정아."

끄덕!

"사랑해. 내 목소리 들려?"

끄덕!

"나 돌봐줘서 고마워. 나랑 결혼해 줘서 고마워. 그리고 이렇게 귀가 들려서 너무 고마워."

남편은 다시 환자 품에서 무너졌다. 그러자 환자가 톡톡 남편의 어깨를 두드렸다.

"응?"

남편이 고개를 들었다. 환자의 손은 윤도를 가리켰다. 그녀는 남편을 끌고 윤도 앞으로 다가섰다. 그런 다음 더할 수 없이 정중한 태도로 합장한 채 윤도를 향해 고개를 숙였다.

짝짝짝!

우레 같은 박수가 터졌다. 여기저기서 눈물 보따리도 함께
터졌다.

그 누구도 넘보지 못한 이농을 고친 윤도. 채윤도 한의사.
윤도 얼굴 아래로 감격의 자막들이 이어졌다. 방송은 초대박이
었다.

시청률 42.6%.

명의열전 사상 최고를 찍고 말았다.

1. 채윤도 ↑

2. 명의열전 ↑

3. 장침 ↑

4. 한의사 ↑

5. 평창 온라인스토어

6. 뮤직뱅크

7. 시바견

8. 내진 설계 조회

9. 국가 장학금

10. 아이폰

녹화방송이 나가자 전국이 들끓었다.

—채윤도가 누구냐?

—저거 조작이냐 실화냐?

—한의사가 아니라 한의神?

—일침한의원 어디냐?

—이분, 여객선 심장마비자 살린 그 한의사네?

—간만에 명의열전 핵꿀잼.

—레알 기적의 손.

—헬조선의 개실수 진짜 명의 등장.

기사 아래 달리는 댓글은 셀 수도 없었다. 곧바로 포탈 검색 순위에 지각변동이 일었다.

윤도가 일등이고 명의열전이 2등을 찍었다. 같은 날 화제가 된 유한도전보다도 압도적이었다.

뿐만 아니라 1위부터 4위까지 한의 관련어가 싹쓸이를 했다. 단 한 순간에 한의학에 대한 관심을 핵탄두급으로 증폭시켜 놓은 윤도였다.

빠라빠라빵!

윤도 전화기가 불이 났다. 방송 탔다고 건방 떤다 할까 봐 차마 끄지 못했다.

장 박사를 위시해 노 차관과 황녹수, 은세희 간호사, 송재균, 안미란, 마혁 등 축하 전화는 이루 셀 수도 없었다.

한의사협회 회장의 전화가 오고.

길상구 부원장의 격려가 오고.

조수황 과장의 응원이 날아왔다.

결국 윤도는 전화기를 꺼버렸다. 방송이 끝난 후의 이 회장과의 식사 자리였다. 부용도 끼었다.

이 회장은 녹화방송이 끝나는 1시간 후에 약속을 잡고 정확하게 지켰다. 김 전무도 동석이었다.

"축하하네. 내가 복이 터졌지. 대한민국 최고 명의를 의무실장으로 두게 되다니……."

이 회장이 인사를 건네왔다.

"나도 오늘 임원들 전화받느라고 진땀을 뺐네. 채 실장이 진짜 우리 의무실장으로 오는 게 맞냐고……."

김 전무도 고무된 표정이었다.

"다 제 덕인 줄 아세요."

부용이 괜한 힘을 주었다.

"으음… 그렇게 따지면 네 오래비는 자기 때문이라고 하더라만. 오래비가 쓰러지는 통에 채 선생이 달려온 거라며?"

이 회장이 팩트를 짚어주었다.

"쳇, 아버지 회사에 다리 놓아준 게 누군데요? 미인계까지 써줬더니 하시는 말씀하고는……."

"네가 미인계까지?"

"오늘 채 선생님하고 오붓하게 한잔 때릴까 했더니 눈치 없이들 오셔서 너무하시는 아니에요?"

"어이쿠, 너까지도 애비 늙었다고 타박이냐?"

"뭐 그건 아니지만 제 공을 모르니까 그러죠."

"흐음… 채 실장 안 챙긴다고 염장은 아니고?"

"아시네요."

"채 실장."

부녀설전(?)을 벌이던 이 회장이 윤도를 바라보았다.

"네?"

"중국 제2공장 건 말일세. 확정이 되었네."

"그렇습니까?"

"자네 덕분일세. 자칫하면 큰 차질이 있을 뻔했는데 이제 한숨 돌렸어."

"아닙니다. 제가 뭐 한 게 있다고……."

"이 사람, 무슨 말을 그렇게 하나? 나중에 나 빼고 혈혈단신으로 뛰어들어 대첩을 올려서 회장님께 핀잔을 받게 하고는……."

김 전무가 웃었다.

"죄송합니다. 그건 그저 진료 확인이라서……."

"괜찮네. 그거야 우리 김 전무가 좋아서 하는 말이지. 채 실장은 누구의 지시도 받을 필요 없네. 그저 지금처럼 특별한 진료만 감당해 줘도 감지덕지야."

"……."

"그리고… 이거 받으시게."

이 회장이 서류 봉투를 꺼내놓았다.

"이게 뭐죠?"

"계열회사 TS호텔 주식일세. 이번 일이 회사 전체에 큰 영향을 주는 프로젝트였거든. 게다가 오늘 방송에서 우리 회사 홍보까지 해주었기에 성의 좀 표시했네."

"회장님······."

"채 실장 내일 한의원 개업식까지 한다며? 우리 회사 가족이 되는 것과 더불어 축하의 의미까지 담았으니 아무 소리 말고 넣어두시게."

"중국 상무위원 일은 그쪽에서 이미 충분히 사례를 받았습니다."

"그거야 그 양반의 치아가 난 사례로 치른 거 아닌가?"

"얼른 챙기세요. 이런 건 무조건 받는 거예요."

보고 있던 부용이 윤도 품에 서류 봉투를 안겨주었다.

"······."

"주식 1만 주 양도증서일세. 많지는 않지만 자부심은 가질 만할 걸세."

"······!"

이 회장의 말에 윤도 정신 줄에 불이 번쩍 들어왔다.

TS호텔 주식 1만 주.

엊그제 대략 본 가격이 주당 72,000원.

72,000×10,000을 하니 대략 7억이 넘는 금액이었다.

"너무 과분합니다."

"어허, 넣어두라니까. 만약 국제 로비스트를 세웠으면 그 돈의 10배도 넘는 금액으로 딜이 들어왔을 걸세. 그러니까 우린 싸게 먹힌 셈이고… 실은 뇌물의 의미도 포함되어 있다네."

'뇌물?'

윤도가 고개를 들었다.

"그 얘기는 김 전무께서 해주시겠나?"

공이 김 전무에게 넘어갔다.

"원, 회장님도… 기왕 말씀 꺼내신 거 계속하시지 않고……."

김 전무가 바통을 받았다. 여기서 분위기가 미묘하게 무거워졌다. 윤도는 직감했다. 뭔가 쉬운 일은 아닐 것 같다는…….

"그 일이군요?"

이슈를 아는지 부용이 끼어들었다.

8. 최악의 모르핀중독 환자

"그래……."

물을 마시는 이 회장의 목소리가 무거웠다. 김 전무도 크게
다르지 않았다.

"아, 진짜… 내가 말해야겠네요. 괜찮죠?"

부용이 김 전무의 허락을 구했다.

"나쁘지 않지."

김 전무 역시 입이 마른 듯 물잔을 단숨에 비워냈다. 윤도의
촉각은 이제 부용에게 돌아갔다.

"오 이사님이라고 계세요. 아버지께서 난도 높은 해외시장을
개척할 때 투입하는 외곽 법인의 대표신데 미친 불도저라는 닉
네임을 가지고 계시죠."

부용이 입이 열리기 시작했다.

'미친 불도저?'

"말하자면 시크릿 비즈니스 전문으로 위험 지역 시장 개척을 전문으로 맡는 팀인데……."

"……."

"저번에 이라크에서 그만 사고를……."

"……."

"그때도 초대형 빅 딜을 위해 현지에 들어가 그쪽 정부 인사들과 협상 중이었는데 돌연 반군의 총공세가 펼쳐졌어요. 우리쪽에서 일단 철수하라는 지시를 내렸지만 그 이사님 성격에 그러지 못한 거죠. 경쟁사들이 다 나가니까 오히려 계약을 유리하게 관철할 수 있는 기회라고 판단하신 거예요."

"……."

"유엔과 주변국들이 총반격을 벌이면서 며칠만 지나면 되겠다고 생각했지만 전략적인 문제로 오 이사님이 있던 지역이 반군의 수중에 넘어가고 말았어요."

"……."

"결국 야간에 탈출을 감행하다가 반군들에게 피격을 당하고 말았어요. 직원들이 두 팀으로 나눠 탈출했는데 오 이사님은 현지어에 능통한 정 대리와 함께 탄 차에서 로켓탄을 맞아 중상을 입고… 가까스로 목숨을 건져 응급조치를 받았지만 골든타임은커녕 최악의 상황이었어요. 더 안타까운 건 대량의 교전 부상자들로 인해 적절한 치료조차 불가능했다는 거죠."

"오 이사님과의 연락이 끊기자 아버지 회사가 나서 유엔군 라인을 통해 신상 파악에 들어갔고 한 달쯤 후에 신병을 확보할 수 있었어요. 하지만……."

"……."

"너무 늦었죠. 내전 와중의 이라크 의사는 최선을 다했지만 그 결과는 모르핀중독뿐이었다고 해요. 밀려드는 부상자들로 인해 특별히 해줄 게 없던 터라 통증 제어를 위해 모르핀만 잔뜩 투여했던 거죠."

'아!'

"그길로 주변국을 통해 한국으로 이송해 왔어요. 한국 의료진들의 총력 치료로 총상과 외상은 대략 회복되었는데 모르핀중독만은 아무리 해독제를 넣어도……."

해독 불능!

그게 팩트였다.

"의식이 없나요?"

"의식은 있다고 해요. 하지만 말도 못하고… 넋을 놓고 있는 거죠. 살아도 산 것이 아닌… 이대로 가면 사회 복귀는 불가능하고 자칫하면 머잖아……."

"……."

"아버지가 오 이사님을 내려놓지 못하는 건 시장 개척에 도움을 준 것도 있지만 당시의 사연 때문에도 더 그래요."

'사연?'

"나중에 정밀 검사 과정에서 알게 된 일인데 두 분의 배에

UBS가 들어 있었어요. 오 이사님과 정 대리님······."

"······!"

"TS전자의 협상 가이드라인이 담긴 건데 혹시라도 반군에게 넘어가 공개가 되면 해외시장 개척에 큰 타격이 생길까 싶어 삼켜 버린 거죠. 그것 때문에 아버지께서 마음의 빚을 놓지 못하는 거예요."

꿀꺽!

설명을 끝낸 부용이 물을 마셨다. 목젖 울렁대는 소리만이 실내에 남았다. 이 회장도, 김 전무도 무거운 마음에 빈 시선만 지향 없이 움직였다.

모르핀중독.

쉽지 않은 일이었다. 하지만 혈자리 중에는 해독혈도 있었다.

"해보죠."

침묵하던 윤도가 수락 의사를 밝혔다. 가치가 있는 진료라고 판단한 것이다.

"그래주겠나?"

이 회장이 총알처럼 반응했다.

"환자를 보는 건 의술의 사명입니다. 경중을 가릴 이유가 없지요."

"환자를 직접 봐야겠지만 소견은 어떤가? 이런 경우에도 채 실장 장침이 통할까?"

이 회장의 질문은 한없이 진지했다.

모르핀중독······.

한국의 최상급 병원 의료진이 해독제로도 효과를 보지 못했다면 보통 심각할 일이 아니었다.

사안을 보아 산해경의 영약을 동원해야 할 수도 있었다. 거기에 장침의 가세··· 환자의 상태를 잘 모르지만 아주 불가능할 것 같지는 않았다.

"장담은 못 하지만 최소한 어느 정도의 회복까지는 가능할 거 같습니다."

기대치는 낮춰놓았다. 진맥도 잡아보지 않고 회복을 장담하는 건 의술의 자세가 아니었다.

"고맙네. 부탁하네."

"그럼 일단 오 이사부터 살려야죠?"

김 전무가 이 회장을 바라보았다.

"그건 채 실장이 결정할 일이지."

이 회장이 윤도를 바라보았다.

"정 대리라는 분부터 하겠습니다."

윤도의 선택은 주저가 없었다.

"채 실장, 오 이사는 우리 회사에 끼친 공이 혁혁한 사람이고 정 대리는 말단 하위직이네. 일이란 순서가 있는 것이니 오이사가 우선이야."

김 전무가 한 번 더 강조하고 나섰다.

"정 대리도 UBS를 같이 삼킨 거 아닙니까?"

"그건 그렇네만."

"오 이사님은 부하 직원을 아끼십니까?"

"그거야 당연하지. 그러니 부하들이 그런 지역에 자원하는 것 아니겠나?"

"그렇다면 더욱 정 대리부터입니다."

"채 실장."

"오 이사님이라는 분 말입니다. 그렇게 부하 직원에 대한 애정도 강하다면 이런 순간 누굴 먼저 진료대로 올리길 바랄까요? 제 생각에는 부하를 먼저 올렸을 거 같습니다만."

"……!"

김 전무가 흠칫 흔들렸다. 윤도의 돌직구에 제대로 맞은 것이다.

"김 전무가 판정패로군. 채 실장 말이 백번 맞네. 나도 오 이사 생각만 하느라 거기까지는 생각지 못했는데 이런 것도 배우게 되는군."

이 회장은 윤도를 지지했다.

"환자들은 지금 어디에 있습니까?"

"멀지 않은 요양병원에서 따로 간병을 받고 있네. 회사 의무실로 후송해 올 수도 있고 채 실장 한의원으로도 보낼 수 있네만."

김 전무가 답했다.

"그럼 정 대리부터 제 한의원으로 부탁합니다."

윤도의 목소리는 정중했다.

이 회장과의 번개 회동은 이렇게 끝이 났다.

집으로 돌아온 윤도는 가족들과 조촐한 파티를 했다. 피할수 없는 일이었다. 그런 다음 책상에 앉았다. 호텔 주식 1만주… 믿기지 않는 선물은 잘 챙겨두었다. 윤도의 마음은 벌써모르핀중독에 가 있었던 것이다.

모르핀중독.

간단히 말해 독성 물질이다. 진통약으로 들어갔지만 과량 투여로 독이 된 것이다. 사실 모든 약은 독이 될 수 있다. 복용기간이 길고, 효과가 높은 약일수록 의존과 금단증상이 동반될 가능성도 높다. 우리가 흔히 아는 신경안정제나 항우울제, 마약성 진통제에만 국한되는 게 아니다. 수면제나 스테로이드연고도 독이 될 수 있다. 모든 약은 양날의 칼일 수 있었다.

약으로 사용한 것이 독이 되었다면 해독을 시켜야 했다. 약을 잘못 먹고 중독 현상이 일어나면 몇 가지 대처법을 쓸 수있었다. 칡즙과 달걀노른자, 지장수 등이 그것이다. 하지만 이렇게 심각한 경우라면 처방이 될 리 없었다.

신비경을 잡았다. 처음 비춰진 곳은 남산경의 청구산이었다. 무심결에 비춰진 건 늪지대의 물고기였다. '적유'라는 이름의 이물고기는 피부병에 특효였다.

조금 더 넘기니 서산경 송과산이 나왔다. 냇가에 새가 보였다. 그 새 역시 피부병의 영약이었다. 두 번이나 피부병 영약이보이자 천식 실험군에 나왔던 아이들이 떠올랐다.

'아토피피부염… 알레르기성 비염……'

현대에 들어 문제가 되는 질환이다. 아이들 입장에서는 미치고 환장할 질병이다. 두 영약을 유념하며 신비경을 옮겼다.

중산경의 고종산이었다. 이곳에서 노란 꽃을 피우는 '언산'이 해독의 영약이었다.

하지만 언산의 꽃은 많지 않았다. 꽃봉오리 자체가 귀한 것이다. 다 해야 10g이 조금 넘을 정도였다. 다시는 구하기도 힘든 영약 같았다.

신비경을 대자 노란 꽃의 언산이 튀어나왔다. 모난 줄기에 세 겹의 입을 가진 언산은 대략 보면 들국화처럼 보이기도 했다. 언산을 바라보자 채윤도표 약전분석이 주르륵 이어졌다.

[원산] 산해경.

[약재 수령] 55년.

[약성 함유 등급] 上中품.

[중금속 함유] 무.

[곰팡이 독소] 무.

[약재 사용 유무] 가능.

[용법 용량] 꽃에서 돈을 따서 살짝 볶은 뒤 약누룩 6돈에 산자고 1냥에 사향 서 푼을 넣고 약수 9홉과 함께 달여 물이 3분의 1로 줄어들면 따뜻할 때 마신다. 복용은 피가 온몸을 도는 시간의 100배를 더해 6회 나눠 마신다. 지상의 만독에 대해 해독 효과를 낸다.

[약효 기대치] 上上.

"······!"

분석표를 본 윤도의 머리가 세 방향으로 갈라졌다. 첫째는 시간 계산이었다.

피가 온몸을 도는 데는 보통 1분이 걸린다. 하지만 사람마다 다르다. 환자에 따라 45초가 걸리기도 하고 70초가 걸릴 수도 있었다. 이걸 계산하지 못하면 엇나간다.

두 번째는 약누룩이었다.

약누룩.

한방에서는 신곡(神麴) 혹은 신국(神麴)이라고도 하며 여섯 가지 재료로 만든다고 해서 육신곡으로로 불린다. 약누룩인 신곡은 훌륭한 해독제이기도 하다. 제대로 된 약누룩은 돈 주고도 사기 어렵다. 그런데 산해경에서 언급하는 약누룩이 대충 만든 것일 리 없었다.

누룩의 특별함은 종교에서도 확인된다. 성서에 나오는 다음 말도 우연은 아니다.

하나님의 나라가 누룩과 같다.

오죽하면 하나님의 나라로 직유가 되었을까?

마지막은 기타 약재였다.

'산자고와 사향이라.'

어디서 많이 들어본 것 같은 처방이었다. 어디였을까? 어떤 탕제의 처방이었을까? 의서를 넘겼다. 비방이 언급된 고의서를 뒤적이다 이름을 떠올렸다.

사향, 오배자, 산자고, 속수자.

바로 만병 해독단으로 불리는 자금정의 약재들이었다. 만병 해독단 자금정. 그러나 그 법제가 까다로워 잘 전하지 않는 비방. 그 갈래를 찾은 윤도였으니 피가 후끈 끓어올랐다.

다시 언산을 보았다. 저울에 올리니 12g이 나왔다. 처방의서 돈은 맞출 수 있는 양이었다.

'어휴!'

안도의 숨이 나왔다. 봉오리 숫자로 보아 다시 피려면 기약도 없는 꽃. 산해경의 영약은 헤프지 않다는 걸 또 한 번 절감했다.

그날 밤, 윤도는 꿈을 꾸었다. 온통 까만 세상이었다. 발밑에는 시든 꽃이 바다를 이루었다. 갈 곳을 몰라 헤맬 때 하늘에서 한 줄기 빛이 내려왔다. 시리고 경건한 빛이었다. 빛이 시든 꽃에 닿았다. 꽃 한 송이가 활짝 피었다. 신기해 그 꽃을 꺾어 들었다. 순간 한 줄기 빛이 퍼지며 너울너울 들판을 쓰다듬었다. 그러자 시들었던 꽃 수천 송이가 생생하게 살아났다.

수많은 꽃 중의 한 송이.

방금 전까지는 그렇게 신기하던 꽃 하나가 그리 신기해 보이지 않았다. 순간 윤도 발밑의 대지가 푹 꺼져 들었다. 윤도는 비명과 함께 잠에서 깨었다.

'꿈……'

꿈이었다. 하지만 생생했다. 윤도 시선에 침통이 닿았다. 장침을 꺼내보았다.

장침.

많은 기적을 수놓아온 윤도의 장침……. 이 침 한 방이면 난치병도, 고질병도 문제가 아니었다. 침을 맞은 환자가 가뜬하게 일어서는 것이다.

장침에 꿈의 꽃 한 송이가 겹쳤다. 시린 빛이 닿아 피워낸 꽃 한 송이는 신성했다. 하지만 그 빛이 물결이 되어 들판을 쓰다듬자 더 많은 꽃이 피었다.

잠에서 깨었다.

깨우침 같았다.

장침은 한 명을 살린다. 제아무리 기고 날아봤자 한 번에 한 명이다.

'하지만……'

시선이 산해경으로 갔다. 거기서 꺼내온 언산을 보았다. 약은 침과 다르다. 잘 만들어 나누면 한 번에 여러 명을 구할 수 있다. 아니 수백 명도, 수만 명도 가능한 게 약물의 힘이었다.

개업을 앞두고 일어난 사건들이 예사롭지 않았다. 아토피, 천식 아이들에게 겹쳤던 중국 아이. 그리고 지금 꾼 예지몽.

'한 명이 아니라 만인을 살리라는 것……'

윤도는 그 뜻을 새겨들었다. 그제야 산해경의 용도를 알 것 같았다. 단지 한 사람을 위한 비방으로는 아까웠다. 더구나 윤도는 이제 준비가 갖춰진 상태였다. 최고의 한약사 진경태를 모셔왔고, 약제실도 최상급으로 갖추었다. 거기에 더해 탕제를 시험할 수 있는 자신의 한의원도 갖췄다.

'때로는 한 사람을, 때로는 만인을⋯⋯.'

그 말을 되뇌자 윤도의 피가 끓어올랐다. 예지의 끈을 잡은 윤도가 가뜬하게 일어섰다.

부릉!

스포츠카 시동이 걸렸다.

마음이 급했다. 당장 언산도 봐야 했고 약누룩에 대한 체크도 필요했다. 그러자면 진경태를 만나야 했다. 앞으로 나갈 방향도 상의해야 했다.

9. 역사가 된 개업식

"……!"

한의원에 도착한 윤도는 놀란 입을 다물지 못했다. 화환 때문이었다. 입구부터 현관까지 이어진 화환은 발 디딜 틈조차 없었다. 겨우 차를 대고 내렸다.

"……!"

한의원으로 들어서서도 또 한 번 뒤집어지는 윤도. 그 안도 온통 꽃 천지였다. 밖에는 화환, 안에는 꽃다발과 꽃바구니.

멍한 정신 줄을 수습할 줄 모를 때 진경태가 약제실에서 나왔다.

"어, 원장님!"

"아저씨……."

"어이구, 난 화환이 또 도착했나 했더니."

"이게 대체 무슨 일이죠?"

"무슨 일은 무슨 일입니까? 다 원장님 인기 덕분이죠. 이 꽃다발들 사실 어제 방송 끝난 직후부터 밀려들어 왔어요. 다들 어떻게 알았는지……."

"그런데 왜 저한테 연락 안 하시고……."

"처음에는 몇 개 오다 말려나 했었죠. 그러다 보니 이 지경이 되었는데 원장님도 쉬어야 할 판에 전화하기도 그렇고……."

"허얼!"

"어쩝니까? 다른 것도 아니고 꽃인데… 며칠 꽃 속에 파묻혀 살아보죠, 뭐."

"그래야겠네요."

선채로 시선을 돌렸다.

이 회장과 이진웅, 김 전무, 노 차관, 안행부 차관, 장 박사, 길 부원장, 조 과장, 황녹수 원장……. 윤도의 시선이 화환의 이름을 따라 돌아갔다. 한쪽 줄은 연예인들 화환이었다. 부용을 위시해 장현서와 이가인, 해피 프레지던트, 용은수 피디… 거기에 더해 맘 카페와 광희한방대학병원 수련의들… 마지막 시선은 구석의 꽃다발에서 멈췄다.

갈매도 차명균.

갈매도 이장 김명수.

갈매도 어촌계장 강명준.

그리고… 공보의 이창승과 은세희 간호사…….

윤도는 그 화환 앞으로 걸어갔다. 이름이 쓰인 리본을 쓰다듬었다. 갈매도의 일상들이 잠시 뇌리를 스쳐 갔다. 피로가 사라졌다.

가방을 놓기 위해 방으로 들어서니 거기도 꽃바구니가 있었다. 아버지가 보낸 꽃이었다. 아버지 이름을 아는 진경태의 배려였다.

"아저씨……."

콧날이 시큰해진 윤도가 진경태를 돌아보았다.

"꽃은 도착한 순서대로 쌓았습니다. 하지만 부모님 거는 좀 특별해야 할 거 같아서……."

"고맙습니다."

"이거… 나도 조그만 거 하나 준비했는데……."

진경태가 꽃다발을 내밀었다.

"아저씨……."

"나야말로 꽃을 한 트럭 보내도 모자랄 사람이잖아요? 눈 고쳐주고 이렇게 번듯한 약제실까지 준비해 줬으니."

"아저씨가 좋아하니 저도 좋네요."

"그나저나 왜 이렇게 일찍 나온 거죠? 설마 카리스마 짱짱한 명의께서 환자 안 올까 봐 걱정되어 나온 건 아닐 테고……."

"카리스마는 과찬이시고… 일이 있어 나온 건 맞습니다."

"이렇다니까."

"혹시 약누룩 가진 거 있으세요?"

"있죠."

진경태의 대답은 너무나 간단하게 나왔다.

"아저씨가 법제하신 건가요?"

"네. 심심해서 좀 만들어두었는데 다들 꽁 먹으려 하길래 처박아 두었다가 오는 길에 넣어왔어요. 원장님이라면 가치를 알 것 같아서."

"잘됐네요. 좀 보여주세요."

"따라오시죠."

진경태가 앞장을 섰다.

"……!"

약제실에서 약누룩을 받아 든 윤도의 눈이 휘둥그레졌다. 산해경 기준 분석표에 中上으로 잡혔다. 그것은 곧 최상급이라는 의미였다.

"그럼 혹시 산자고는?"

"있죠."

"사향은?"

"없죠."

"그렇죠?"

"그렇잖아도 사향 취급 약재상에 주문은 넣어두었습니다. 필요하면 지급으로 보내라고 할까요?"

"그래주세요. 최상품으로 말입니다."

"하핫, 그건 걱정 마세요. 거래 튼 약재상 홍 사장에게 어제 전화가 왔는데 방송 봤다고 반색을 하더군요. 명의 한의사님과 거래하게 되어서 영광이라고 신경 제대로 쓰겠다고 했습니다."

"듣던 중 반가운 소리네요."

"또 필요한 거 있나요?"

"약재는 다 준비되셨죠?"

"대략 많이 쓰이는 약재는 구비했고⋯ 나머지는 오늘 내일에 맞춰서 계속 들어올 겁니다."

"좋은 약재를 받아주세요. 제가 탕제 처방을 많이 낼 겁니다."

"당연하죠. 한의원에서는 탕제가 돈을 법니다. 침구만으로는 이 규모의 한의원 운영하기 힘들어요."

"돈보다는 더 많은 환자들을 돕기 위해서입니다. 침으로는 한 사람을 살리지만 약을 개발하면 만인을 살릴 수 있으니까요."

만인의 명의.

윤도의 신념이 강철처럼 튀어나왔다.

"원장님!"

진경태의 시선이 굳었다. 윤도의 배포에 압도된 것이다.

"놀라시긴요. 아저씨 같은 분을 모셔다가 고작 약이나 달일 줄 아셨어요? 아저씨와 저는 더 큰길을 가야 합니다."

"허어."

"같은 질환이라도 환자에 따라 다양한 화제를 낼 겁니다. 그때마다 성분과 구성을 잘 파악해서 약을 달여주시기 바랍니다. 그 데이터가 쌓이면 약제 개발도 할 수 있을 테니까요."

"이거 피가 확 솟구치는데요? 역시 원장님은 보통 사람이 아니로군요."

"방송 출연하면서 아이들을 진료했는데 느끼는 게 많았습니다. 아이들이라면 침보다도 약이 좋을 거 같아서요."

"그렇긴 하죠. 아이들은 특히 침이나 주사를 싫어하니까요."

"그리고 이거 시간 나실 때 좀 봐주세요. 성분 분석은 물론이고요. 구하기 힘든 약재니까 신경 많이 쓰셔야 합니다."

윤도가 내민 건 언산이었다.

"못 보던 약재인데요?"

"제가 필요해서 따로 구했습니다."

"해독용인가요?"

냄새를 맡은 진경태가 물었다. 그는 역시 탁월했다.

"맞습니다. 긴요하게 쓸 데가 있어서요."

"벌써 예약 손님 있으시군요?"

"예. 좀 어려운 환자라서 신경이 쓰이네요."

"그것 말고도 신경 쓸 게 한두 가지가 아닙니다."

"무슨?"

"전화 말입니다. 어제 하도 와서 일단 내려놨는데 오늘이라고 별다를까요?"

진경태가 전화기를 가리켰다. 그러고 보니 모든 전화기의 수화기가 내려져 있었다.

"뭐 손님 없어서 파리 날리는 것보다는 낫잖아요? 아저씨 월급 밀릴 거 걱정 안 해도 되고."

윤도가 환하게 웃었다.

개업식!

그 시간까지 의서에 빠졌다. 기존의 약제들 처방이었다. 신약을 염두에 두고 보니 배울 게 많았다.

그러다 고개를 들었다. 시계가 8시 20분을 가리켰다. 웅성거리는 소리를 듣고 일어섰다. 간단하게 개업 선포라도 해야 할 것 같아 원장실 문을 열고 나왔다. 그러자 느닷없는 함성이 윤도를 반겼다.

"선생님!"

"원장님!"

"채윤도다!"

온갖 호칭이 일침한의원을 흔들었다. 접수실은 이미 초만원이었다. 입구와 주차장 쪽에도 백여 명이 넘게 대기 중이었다. 줄은 도로까지 이어지고 접수 창구는 숨 쉴 틈도 없었다. 정나현 실장에 미화원 아줌마까지 동원된 판이었다. 과연 방송의 힘은 대단했다. 암암리에 소문이 나던 윤도였지만 방송 한 방으로 명의 등극이 기정사실화되었다. 그렇기에 윤도의 경력은 아무런 문제가 되지 않았으니 셀 수도 없이 밀려든 환자들 인파는 가히 역사적인 개업 장면이 아닐 수 없었다.

"선생님!"

방송 촬영 때 만났던 천식 아이들의 엄마들도 보였다. 그녀들이 맘 까페 엄마들을 몰고 온 모양이었다.

"원장님!"

간호사들은 숨 돌리는 사이에 인사를 해왔다.

"진료 시작합니다!"

볼 것도 없이 진료 개시를 알렸다. 개원식이고 뭐고 생각할 여력이 없었다.

이날 온 환자의 상당수는 이명과 이농의 귀 질환 환자들이었다. 나머지 대다수는 소아천식과 아토피피부염 환자. 그들만 진료해도 보름이 걸릴 정도였다.

그 정리는 정나현이 맡았다. 대기 시간이 길어지자 일주일에 나눠 사전 예약 우선권을 주고 정리한 것이다. 노련한 간호사가 왜 필요한지 절감하는 윤도였다.

이명 환자 둘의 청력을 바로잡아 내보냈다. 그다음에 들어선 게 한의원 주력 손님군의 하나인 중풍 환자였다. 환자는 60을 살짝 넘었다. 동행한 보호자는 30대의 미혼 딸이었다. 환자는 신경질적이었다. 처음 보는 사람이지만 짜증이 역력했다. 한쪽 수족이 자유롭지 않은 것으로 보아 중풍. 거기에 말을 살짝 더듬고 침도 가끔 나온다. 이런 몸을 일찌감치 데려왔으니 딸이 효녀였다.

"여기 앉으세요."

딸이 환자에게 의자를 권했다. 그러자 바로 짜증이 튀어나왔다.

"오기 싫다는 사람을 아침부터 끌고 와서는… 내가 한의원 한두 번 겪어봐?"

환자는 엉거주춤 선 채 딸을 타박했다.

"아버지, 이분은 다르세요. 진짜 침술 명의시라니까요."

"명의 같은 소리… 명의가 다 얼어 죽었지. 보나마나 얄궂은 침 몇 대 놓고는 비싼 첩약이나 먹으라고 할 텐데."

환자는 사뭇 부정적이다. 보아하니 여러 한의원을 겪어본 사람이었다. 환자의 본성이다. 처음에는 희망을 갖지만 그 희망이 몇 번 날아가면 부정적으로 변한다. 환자만 탓할 수 없는 일이었다. 어쨌든 힘들게 온 손님이니 좋은 결과를 보고 싶었다.

"이동찬 님?"

윤도가 환자 이름을 불렀다.

"……."

환자는 대답하지 않았다.

"침 많이 맞아보셨어요?"

"맞아봤지. 충청도 명침부터 전라도 신침까지. 내가 볼 때는 다 뻥이야. 다들 돈이나 후리려는 수작이지."

"아버지, 이분은 다르다니까요."

딸이 사태 수습에 나섰다.

"다르긴 뭐가 달라? 나이를 보니 침 경험도 별로 없을 양반 같구만."

"침을 나이로 놓으면 80, 90 먹은 한의사 찾아가셔야죠."

윤도가 환자 앞으로 나왔다.

"죄송합니다. 전에는 안 그러셨는데 중풍 온 후로 성격이 날카로워지셔서……."

딸이 설명을 붙였다.

"지금 기분이 상기되어 있는데 일단 기분 전환만 시켜 드릴게요. 맞아보시고 생각 없으면 그냥 가세요. 환자가 많은 관계로 오래 봐드릴 수 없거든요."

윤도가 장침을 꺼내 들었다. 침은 손목의 합곡혈로 들어갔다. 반쯤 넣고 혈자리를 고른 후에 나머지를 넣었다. 그런 다음 침 끝을 돌려 원하는 조화를 이루었다. 침은 오래지 않아 혈자리 밖으로 나왔다.

"기분 어떠세요?"

"……?"

환자는 대답하지 않지만 표정은 누그러져 있었다. 다만 자존심 때문에 대답하지 않은 것이다.

"마음이 좀 편해지셨죠? 이동찬 님은 성격이 날카롭고 짜증이 잦은 편인데 간중풍이라서 그런 것 같습니다. 히스테리는 간경에 속해서 울혈을 없애면 좋아질 겁니다."

"복잡한 건 필요 없고 내 병 고칠 수 있소? 없소? 기왕 온 거니 물어는 봐야지."

환자의 목소리가 누그러졌다. 장침 맛을 봤다는 신호였다.

"진맥 좀 할까요?"

윤도가 손을 내밀자 환자가 삐죽 손을 내밀었다. 이제 환자는 윤도의 통제권에 들어왔다. 진맥도 같은 결과가 나왔다. 이 중풍은 간의 기혈 부조화로 비롯되었다. 오장육부는 중풍의 원인이 된다. 그렇기에 한방에서는 중풍의 치료 또한 오장육부를 빼놓지 않았다.

환자는 간의 기혈보강이 필요했으니 간을 북돋는 비장과 신장에서 출발점을 찾아야 했다. 간장은 오행의 목(木)에 속한다. 비장은 토(土)요 신장은 수(水)이니 나무를 튼튼하게 하려면 흙과 물이 필요한 것과 같은 이치였다.

이런 원리를 버리고 간장만을 달래 중풍 치료에 나서면 오래가지 못한다. 말라가는 나무라면 뿌리에 물을 주어야지 시든 나뭇잎에 물을 부어 무엇 할 것인가?

"치료는 가능합니다. 오늘은 일단 따님의 부축 없이 걸어서 갈 수 있게 해드리죠."

윤도가 진료 결과를 통보했다.

"걸어갈 수 있게 한다고?"

환자가 발딱 고개를 들었다.

"예."

"그것도 오늘 당장?"

"예."

"……"

"다만 조건이 있습니다."

"그 조건이 뭐요?"

"첫째, 환자분 마음대로 하시면 안 되고 제 지시에 따라야 합니다. 둘째, 화를 내시면 안 됩니다. 환자분의 중풍은 화를 내면 더 심해질 수 있습니다. 하시겠습니까?"

"그, 그야… 제대로 걸을 수만 있다면……"

환자의 시선이 비로소 얌전 모드로 들어갔다. 병 앞에 장사 없는 것이다.

1번 침구실로 옮겨가 장침을 넣었다.

중풍마비.

이는 사실 장침이 꼭 필요한 경우의 하나였다. 상하의 속옷 차림으로 벗긴 윤도, 화려한 스킬이 발동되었다. 첫 침은 환자의 시선 앞에서 꺼내 들었다. 장침의 시위였다.

"아프지 않습니다. 마음 편안하게 가지세요."

그 말과 함께 침이 들어갔다. 이마의 양백에서 눈썹의 어요혈을 찌르는 일침이혈이었다. 두 번째는 볼의 견정혈에서 협차혈로 넣었다. 이어 지창혈에서 협차혈로 넣어 두 침을 마주 보는 대칭으로 꽂았다. 다음 침은 손의 합곡에서 시작해 노궁, 소부를 지나 후계혈을 꿰는 일침사혈. 그 위의 손목에는 곡지혈에서 지구혈로 일침이혈을 잡았다. 음릉천에서 양릉천, 족삼리에서 승산혈, 삼음교에서 현종혈……. 윤도가 꽂은 장침은 최소한 일침이혈이었다.

마지막은 자세를 바꾼 후에 들어간 환도—수부—은문의 일침삼혈. 그곳에서 좌우의 기혈 조화를 마쳤다.

"일어나 보세요."

마지막 침을 뽑은 윤도가 환자의 오른팔을 잡으며 말했다. 환자는 무심코 왼팔을 짚고 몸을 일으켰다. 그러고는 시선이 굳어버렸다. 벌벌 떨면서 매가리 없던 왼팔이 움직인 것이다.

"이거?"

환자는 믿기지 않는 듯 고개를 들었다.

"괜찮아요. 일어나세요."

윤도가 환자를 안심시켰다. 환자가 다시 왼팔에 힘을 주었다. 지렛대가 되면서 환자의 몸이 저 홀로 일어서기 시작했다.

"……?"

팔을 짚고 일어선 환자가 바닥을 밟았다. 윤도는 그 몸을 부축해 똑바로 세웠다.

환자는 떨고 있었다. 오랫동안 운신이 불가능해 줄어든 근육 때문이 아니었다. 자기 몸이 중심을 잡았다는 사실이 믿기지 않는 것이다.

"걸어 나가세요. 따님이 놀랄 겁니다."

"……."

"나가보세요."

윤도가 문을 가리켰다. 환자가 첫걸음을 떼었다. 느리지만 쓰러지지 않았다. 한 발을 더 떼었다. 그것도 가능했다.

"세상에… 내 몸이……."

환자가 윤도를 돌아보았다. 까칠한 목소리는 간 곳이 없었다.

딸깍!

간호사 승주가 문을 열어주었다. 복도에서 대기하던 보호자가 일어섰다. 순간 그녀의 눈에 아버지 모습이 들어왔다. 아버지가 서 있었다. 하지만 부축이 아니었다. 느리지만, 아버지는 혼자 힘으로 딸을 향해 걸었다.

"아버지. 지금 걷는 거예요?"

딸은 자신도 모르게 소리쳤다.

"젊은 양반이 용하네."

아버지가 머쓱한 미소로 말했다. 딸로서는 참으로 오랜만에 보는 아버지의 미소였다.

"아버지!"

딸이 달려가 아버지를 안았다. 그 소리가 대기실을 흔들었다.

"세상에, 아까 들어간 중풍 환자잖아요? 혼자 못 걷더니 걸어서 나오고 있어요."

"정말이네?"

손님 몇이 소리쳤다. 손님들은 누가 먼저랄 것도 없이 자리에서 일어섰다. 그리고 환호했다. 현장에서 직접 본 희망 하나. 그 희망이 자신들의 질환에도 펼쳐지길 바라며.

"3일에 한 번씩 세 번만 오셔서 침 맞으세요. 한약을 처방해 드릴 테니까 한약사님께 복용법 잘 듣고 가시고요."

진료실에서 윤도가 마무리를 했다.

"네에!"

환자는 어린 학생처럼 대답했다.

"화내시면 안 된다고 그랬죠? 지금처럼 환하게 웃으며 사세요."

"아휴, 걱정 마세요. 내가 걸을 수만 있으면 자다가도 웃을 겁니다. 고맙습니다. 어딘가 내 병을 고쳐줄 명의가 있을 거라고 생각은 했는데 이렇게 만날 줄은 몰랐네요. 원장님 어리다고 그냥 갔으면… 어휴……."

"그러게 제가 뭐랬어요? 이분은 다르다고 했잖아요?"

보호자로 온 딸의 얼굴에도 웃음꽃이 피었다.

짝짝짝!

중풍 환자는 직원들과 손님들의 박수를 받으며 퇴장했다. 그 사이에 보도 팀이 방문을 했다. TBS 뉴스 팀이었다. 그들은 어제 명의열전 열기를 그냥 넘기고 싶지 않았다. 따라서 개원식 상황을 체크하고 있었던 것. 예상대로 폭발적 인기를 구가하자 뉴스 팀을 전격 출동시켰다. 윤도는 진료를 저해하지 않는 범위 내에서 취재 수락을 했다. 뉴스 팀은 바로 윤도의 장침 장면 촬영에 따라붙었다.

그 또한 환자들에게 신뢰를 주었다.

"뉴스 팀까지 왔네. 진짜 굉장한 명의인가 봐."

"그러게요."

환자들이 삼삼오오 수근거렸다.

홀쩍!

에푸치!

이어진 환자는 콧물과 기침을 달고 들어왔다. 맘 까페에서 온 축농증과 알레르기성비염 어린이였다. 아토피피부염도 함께 앓고 있었다. 이미 다섯 명이나 경험한 노하우가 빛을 발했다. 하지만 그날과 똑같은 처방은 아니었다. 따로 준비한 약침이 있었다.

한방에서 비염과 축농증 등에 많이 사용하는 약재들로 만든 것들. 그걸 정제해 장침에 묻혔다. 관련 혈자리들의 반응을 세심하게 살피고 기록도 했다.

아토피피부염, 알레르기성비염, 축농증 탕제.

윤도는 이미 발동을 걸었다. 고통받는 아이들을 더 간편하게 질병에서 해방시키기 위한 노력. 다른 건 몰라도 이것만은 새 치료제를 만들고 싶었다. 약침 구성을 환이나 마시는 약으로 만들면 가능할 것도 같았다.

시침이 끝나자 아이들의 기침이 멈췄다. 콧물 꼭지도 꾹 잠긴 후였다.

"고맙습니다."

엄마들이 인사를 해왔다.

'다음에는 산해경의 영약 '동거'와의 비교 실험.'

윤도는 시침 메모를 챙기며 다음 환자를 받았다.

"다음 환자분 들어오세요."

승주의 말과 함께 40대 초반 남자가 이어졌다. 그는 모자를 눌러쓰고 있었다.

"어디가 불편해서 오셨나요?"

윤도가 물었다.

"실은……."

남자가 모자를 벗었다. 남자는 속알 머리가 없었다. 정수리, 즉 머리 중앙의 숫구멍이 있는 자리가 시원한 벌판을 이루고 있었다. 거기에다 거무튀튀한 얼굴 피부, 머리카락에는 붉은 기까지 돌았다. 윤도는 이내 감을 잡았다.

"어제 방송을 보는데 어머니가 그러시더군요. 옛날에 외할아버지도 장침으로 탈모를 고쳤다고… 해서 새벽처럼 일어나 달려왔습니다."

환자의 주소를 보니 평택이었다. 새벽에 왔다는 말은 과장이 아니었다.

"방송에서 솜털 눕혀놓을 때 그것조차 부러웠습니다. 차라리 신장을 조금 망가뜨려서 솜털이라도 많이 났으면 하는 심정입니다. 제가 다음 달에 선을 보러 가는데 요즘 여자들이 탈모남을 좋아할 리 없어서……."

남자의 자신감은 제로 근처였다.

대머리.

이 또한 발기 못지않게 남자의 자존심에 금을 내는 놈이다. 남자는, 수컷 사자의 갈기처럼 뭐든 무성해야 위엄이 서는 모양이다. 야성이든, 돈이든, 머리카락이든.

'솜털……'

윤도가 풋 하고 웃었다. 오죽하면 그런 말을 할까? 하지만 남자의 소원은 이미 이루어진 거나 다름이 없었다.

"예? 제 소원이 이루어진다고요?"

윤도 말을 들은 남자가 화들짝 놀랐다.

"대머리도 신장과 비장이 좋지 않아 생기는 거거든요. 그러니 신장이 나빠지려고 노력할 필요는 없습니다. 기왕이면 큰 걸 노려야죠."

"……."

"진맥 좀 할까요?"

"정말 치료가 되나요?"

"우물에서 숭늉 찾으시겠군요. 진맥이 우선입니다."

"예……."

고무된 남자가 손목을 내주었다. 신장과 비장이 약한 건 틀림이 없었다.

"원래 신장이 약했었나요?"

"그런 건 잘 모르고 자랐습니다."

"머리카락은요? 원래 이런 색이었어요?"

"아뇨. 그게 나이 들면서……."

"혹시 수술 같은 거 하신 적 있나요?"

"네. 10년 전에 교통사고가 나서……."

"그 수술로 인해 신장이 약해졌습니다. 탈모도 아마 그 즈음부터 시작되었을 겁니다."

"맞아요. 수술 그다음 해부터 머리카락이 가출하기 시작했어요."

"까만 건 신장의 색입니다. 정수리의 머리카락은 신장과 비장이 주관하지요. 신장과 비장의 기혈이 좋아지면 탈모도 멈추고 머리카락도 나게 될 겁니다."

"우와. 말만 들어도 좋군요. 하지만 다들 그렇게 말씀하고는 결국 머리카락은… 그래서 실은 이식까지 생각 중이거든요."

"이식도 나쁘지 않지요. 하지만 원인을 잡지 않으면 비싼 돈

주고 머리카락 심어도 다시 빠질 겁니다."

"……."

"새벽에 일어나 여기까지 왔을 때는 기대감이 있지 않았을까요? 한번 믿어보시고 정 안 되면 그때 이식하도록 하세요. 이식 자체를 말리지는 않습니다."

환자는 결국 침구실 침대에 누웠다.

탈모.

털이 빠지는 증세, 그중에서도 특히 머리카락이다. 인간의 몸에서 나는 털의 총칭은 모발이다. 여러 부위에서 털이 나다 보니 이름도 따로 있다.

―머리카락은 발.

―눈썹은 미.

―턱수염은 수.

―구레나룻은 염.

―콧수염은 자.

―사타구니는 음모.

―종아리는 경모.

―겨드랑이는 액하모.

이들 중 턱수염과 구레나룻을 합쳐 수염이라고 한다.

털을 주관하는 부위도 전부 다르다.

―머리카락은 심장.

―눈썹은 간.

―턱수염은 신장, 소장.

이렇게 부위별 소관이 다르기에 머리카락과 눈썹, 턱수염 등은 한꺼번에 하얗게 쇠지 않았다. 궁금하면 지금 확인해 보시라. 백발의 어르신 중에도 눈썹 까만 사람이 많다.

또한 고환을 제거하면 턱수염이 나지 않는다. 환관이나 내시들이 수염이 나지 않는 까닭이다. 반대로 여자의 몸으로 턱수염이나 콧수염이 나면 월경이 불규칙하거나 불임증일 수 있다.

털은 40대가 되면 하얗게 쇠기 시작한다. 사계절로 치면 가을이 온 것이니 피할 수 없다. 그래도 방법은 있다. 이때 혈기를 보하면 흰머리 방지에 큰 도움이 된다.

위에서 분명 머리카락의 주관 장기는 심장이라고 했지만 탈모는 신장이 약해짐으로써 발생한다.

이 환자의 혈자리는 어렵지 않았다. 그래서 조금 넉넉하게 장침을 넣었다. 신주혈을 시작으로 심수, 비수, 신수혈을 지나 중완과 황수, 곡지와 족삼리, 태계혈까지 장침을 세웠다.

기혈의 조화는 황수혈에서 맡았다. 원래도 신경에 속해 신을 좋게 하는 곳이지만 기세가 좋아 장침이 꽂힌 혈자리를 호령할 만했다.

"머리카락 보세요."

발침을 하고 손거울을 건네주었다. 남자가 머리카락을 보았다. 아까보다는 검은빛이 맴돌았다.

"기분이 그런 건지 모르지만 정수리도 근질근질한데요?"

남자의 표정이 밝아졌다.

내원 예정일을 잡아주고 신장과 비장을 보하는 약재를 처방해 주었다.

"왜 이렇게 신장이 중요할까요?"

촬영 말미에 인터뷰 질문이 나왔다.

"사람 몸에서 혈액을 정화하는 장기는 두 개가 있습니다. 바로 폐와 신장입니다. 하지만 폐에서 하는 일은 가스 정화뿐입니다. 나머지 모든 노폐물은 신장이 걸러냅니다. 물론 피부에서도 일부 돕기는 하지만 신장이 메인이죠. 그래서 신장이 중요합니다. 생수의 여과지 같은 것이죠. 여과지가 망가지면 어떻게 될까요? 아무리 좋은 원수를 취수해도 소용이 없습니다. 마찬가지로 신장에 고장이 생기면 혈액이 더러워지고, 그렇게 되면 인체에 어떤 일이 생길지는 삼척동자도 알 수 있는 일입니다."

윤도의 답은 명쾌했다.

하루가 지나갔다. 정신이 없었다. 점심시간은 줄였고 퇴근 시간은 늘렸다. 실장에게 지시해 연장 근무시간을 기록하도록 했다. 직원들 월급 계산은 확실한 게 좋았다. 어물쩡 30분, 어물쩡 1시간. 그렇게 시켜먹으면 종국에는 불만만 나을 뿐이다.

"수고하셨어요."

간호사 둘이 퇴근을 했다. 피곤하지만 행복한 얼굴이었다. 만족도 때문이었다. 병이 나은 환자가, 확 좋아진 손님이, 윤도는 물론이고 직원들에게도 고마움을 표했다. 덤덤하게 왔다가 무뚝뚝한 표정으로 가는 환자들. 그런 환자가 많은 병원이나 한의원에서는 느낄 수 없는 보람이었다. 첫날 공식 진료는 이것으로 마감이었다.

하지만!

윤도에게는 또 다른 도전이 기다리고 있었다. TS전자의 정 대리가 주인공이었다. 덕분에 실장 정나현은 남았다. 감투를 쓴 덕분에 책임감도 가져야 하는 그녀였다.

"아저씨!"

윤도가 약제실로 들어섰다. 탕약 냄새가 등천을 했다. 오늘 하루 진경태도 얼마나 바빴을지 짐작이 갔다.

"퇴근 안 하세요?"

"예약 환자가 있어서요."

"그럼 이 약이 필요하겠군요?"

진경태가 약탕기를 가리켰다. 황토로 빚어진 약탕기에서 아련한 향이 배어나왔다.

"으음… 냄새 한번 신묘한데요?"

"왜 아닙니까? 그 녀석은 주변 약탕 냄새를 다 밀어내더라고요. 가히 신약(神藥)급입니다."

"그래요?"

"그나저나 오늘처럼 환자가 밀려들면 원장님이 골병들지 않을까요?"

"아저씨는 아니고요?"

"저야 뭐 워낙 강골인 데다 좀 아프다고 해도 원장님 장침이 있으니 걱정 없지만 원장님은 중이 제 머리 못 깎잖아요?"

"그럼 아저씨가 좋은 약재를 골라서 다려주시면 되지 않습니까?"

"그게 또 그렇게 되나요?"

"이제 좀 쉬세요. 예약 환자 진료 마치고 식사 같이하죠."

"그러죠."

진경태가 영약을 내밀었다.

최악의 모르핀중독자.

영역과 함께 장침을 챙겼다. 윤도의 시선이 장침에 쏟아졌다. 손가락이 후웅 반응을 했다.

쫄 거 없어.

하나하나 극복해 나가는 거야.

온몸을 휘도는 맹렬한 긴장감. 윤도는 차라리 즐겨 버렸다.

'온다!'

윤도의 시선은 먼 차도에 있었다. 저만치 구급 차량이 보였다.

끼익!

차량이 주차장에서 멈췄다.

"채 실장님."

인솔 책임자는 오 이사가 대표로 있는 오라개발의 엄 부장이었다. 그 역시 이라크 현장에 있었던 사람. 그러나 먼저 출발하는 바람에 폭격을 피해 큰 부상은 없었다. 옆에는 TS전자 이진웅이 동행하고 있었다. 이 회장의 특명을 받은 모양이었다.

"고생 많으시네요."

윤도가 인사를 했다.

"고생은요. 요즘 채 선생님 침술 뉴스 덕분에 하루가 즐겁습니다."

이진웅이 화답하는 사이에 환자가 내렸다.

"이쪽으로……"

정나현이 구급 침대를 안내했다. 환자는 침구실 안으로 들어갔다.

"정 대리 조모십니다."

이진웅이 동행한 할머니를 가리켰다. 할머니는 성큼 다가와 윤도 손을 잡았다. 말 없는 얼굴에서 눈물부터 쏟아졌다.

"엄 부장님 말이, 정 대리가 일찍 부모를 잃고 할머니 손에서 자랐답니다. 할머니께서 이 일에 충격을 먹어 그만 실어증에……"

'실어증?'

"선생님만 믿습니다."

이진웅이 고개를 숙였다. 그때까지도 할머니는 윤도 손을 놓지 않았다.

"걱정 마시고 기다리세요. 손자분 일어나게 될 겁니다."

윤도가 할머니를 위로했다. 할머니는 그제야 손을 놓아주었다. 멋대로 떨어진 눈물은 이미, 그녀의 목덜미까지 내려온 후였다. 티슈를 몇 장 건네주었다. 그런 다음 침구실로 향했다. 동요하지 않았다. 한의사의 본분은 치료지 보호자와 함께 우는 게 아니니까.

남자, 32세, 정기택.

그는 눈을 뜨고 있었다. 초점은 없었다. 눈 위로 손바람을 일으켜 보지만 전혀 반응하지 않았다.

'모르핀중독.'

윤도는 그 단어를 내려놓았다.

'병명에 휘둘리지 말 것.'

진맥에 앞서 신앙처럼 되뇌던 신념이었다. 정나현이 의자를 권했다. 옆에는 진경태도 와 있었다. 윤도의 신침을 믿는 멤버들. 하지만 환자는 특급 병원도 포기한 최악의 모르핀중독자였다.

"진맥 좀 하겠습니다."

환자에게 정중히 통보했다. 당연히, 환자는 반응하지 않았다.

손목을 잡았다.

"……"

맥이 제대로 뛰지 않았다. 실망하지 않았다. 목의 인영맥으로 옮겨갔다. 세맥이 나왔다. 그나마 좀 나았다.

'사막.'

겨우 손끝으로 옮겨온 맥으로써 환자의 상태를 가늠했다. 첫 느낌은 사막이었다. 그것도 스산하고 마른 바람이 부는 사막. 황량의 극치였다.

사막 다음에 온 건 '다운(Down)'이었다. 추락이다. 느리게 느리게, 그러면서 아래로 아래로. 마치 몸무게의 두 배쯤 되는 추를 달고 심연의 바다로 내려가는 느낌이었다.

'후우!'

한숨을 쉬며 인영맥을 놓았다. 모르핀이 골수까지 들어간 상황. 이대로는 전체 혈자리 파악이 쉽지 않았다.

"침통 좀 집어주세요."

윤도가 정나현에게 말했다.

뽑아 든 장침은 거궐혈로 들어갔다. 심장의 모혈이었다.

새로 고침.

그걸 노리는 것이다.

장침을 꽂고 진맥을 새로 했다. 큰 변화가 없었다. 정나현에게 지시해 발 마사지에 들어갔다. 심장의 문제는 발과 통한다. 만 보 정도 걸어주면 심장이 좋아지는 이유도 거기에 있었다.

'후우!'

그래도 진맥은 가물거렸다. 그렇다고 포기할 윤도는 아니었다. 두 번째 장침은 소장의 모혈인 관원혈로 향했다. 관원혈과 거궐혈은 표리 관계에 있다. 둘은 안팎의 관계로, 떼려야 뗄 수 없는 관계를 이룬다.

하지만!

그 또한 큰 효험을 주지 않았다.

별수 없이 환자의 옷을 다 벗겼다. 윤도가 뽑아 든 건 13개의 장침이었다. 폐의 모혈인 중부혈을 시작으로 오장의 모혈에 장침을 더했다. 오장의 기를 최대한 끌어 올리려는 것이다.

다음으로 궐음수, 담수, 위수, 삼초수 등을 모혈을 빠짐없이 찔렀다. 진맥이 제대로 나오지 않으니 모혈 자리가 틀릴 수도 있었다. 어쩔 수 없는 선택이었다.

'제발……'

각오를 다지며 재진맥에 돌입했다.

"……!"

윤도의 손끝에 감각이 왔다. 희미하지만 짜릿했다. 저 심연의 반응이었다. 정신을 모으고 집중했다. 진맥을 바탕으로 몇 개의 장침을 뽑아 혈자리를 수정했다. 환자의 혈자리는 인체 비례와 빗나간 곳이 많았다. 모르핀중독으로 인한 부작용이었다.

'오케이!'

그제야 맥이 제대로 잡혔다. 정상인에 비하면 턱도 없지만 윤도의 손가락이 감지할 정도는 되었다.

'거궐, 중부, 관원, 그리고……'

축빈혈.

네 개의 답이 윤도 머리로 들어왔다. 윤도가 장침을 뽑기 시작했다.

축빈혈.

족소음의 축빈혈… 대개 발뒤꿈치에서 무릎 사이에 위치한다. 환자의 혈자리는 무릎 쪽으로 잡았다. 원래의 혈자리보다 밀린 측면도 있지만 그곳이 포인트로 보였다.

그제야 윤도가 약병을 꺼내놓았다. '언산'이 들어간 영약 용액이었다. 첫 장침에 그걸 묻혔다. 장침은 거궐혈부터 뚫었다.

절반쯤 침을 넣고 잠시 멈췄다. 다시 절반을 더 들어갔다. 거기서부터 피를 말리는 미세 조정이 시작되었다. 영약과 기혈의 포인트를 맞추려는 윤도였다.

0.1mm……

0.1mm……

0.1mm……

윤도의 손가락은 초정밀 작업을 하는 테크니션의 그것을 뛰어넘고 있었다. 그렇기에 옆에서 지켜보는 정나현과 진경태 역시 침조차 넘기지 못했다.

'여기……'

겨우 포인트가 나왔다. 거기서 침을 돌렸다. 모르핀아, 네 숨통을 조일 저승사자가 왔노라. 그 선전포고였다. 중부혈과 관원혈 자리는 크게 어렵지 않았다. 이미 포인트의 감을 맛본 손이었으니 거궐혈에서 뻗어온 영약의 기세를 이어주면 되었다.

마지막 침이 문제였다. 이제 화룡점정을 찍어야 하는 것이다.

해독의 명혈 축빈혈.

축빈혈은 매독이나 약독을 없애는 데 명혈이었다. 웬만한 독이라면 윤도의 장침 한 방으로 해결할 수 있었다. 사실 모르핀 중독도 그랬다. 하지만 이 경우처럼 최악의 중독은…….

스슥!

마침내 윤도의 손이 움직였다. 후끈 달아오른 화침이었다. 장침은 종아리 위의 축빈혈에 제대로 들어갔다. 윤도의 얼굴은

앞선 시침보다도 더욱 경건해 보였다. 영약이 퍼지고 있었다. 그러나 그것으로 해결이 아니었다. 적의 심장부, 간신히 들어왔지만 마지막 관문 앞에 멈춘 것이다.

이 축빈혈에서 모르핀중독을 박살 낼 수 있는 비밀번호를 풀어야 했다. 모르핀이 온몸에 새겨놓은 중독을 멈추게 할 수 있는 비밀번호.

침을 놓은 윤도가 두 개의 장침을 더 뽑아 들었다. 두 침 역시 영약을 묻혀 축빈혈에 넣었다. 축빈혈에는 세 개의 장침이 삼향투자침으로 들어갔다. 그 마지막 침이 자리를 잡았을 때였다.

덜컥!

윤도 손끝에 느낌이 올라왔다. 느닷없이 등짝을 치는 듯한 느낌이었다.

'왔다!'

피가 확 끓어올랐다. 대어를 낚는 확신이었다. 동시에 환자가 꿈틀 움직였다.

"원장님!"

잠시 나갔다 들어온 정나현이 소리쳤다.

"쉿!"

윤도가 손가락으로 '조용' 사인을 냈다. 윤도가 손을 들었다. 그 손을 환자의 눈 위에서 흔들었다.

"정기택 님."

"……"

"제 손 보이세요?"

"……."

"안 보여요?"

"보……."

환자 입에서 첫마디가 나왔다. 한국으로 이송된 후로 비명 비슷한 소리 외에는 말을 못하던 환자였다.

"원장님."

"쉬잇!"

정나현에 대한 두 번째 경고는 진경태가 대신했다. 다시 윤도의 손이 환자 눈 위를 오갔다. 환자의 시선이 손을 따라 움직였다.

"보이죠?"

"네… 보입… 니……."

환자의 목소리는 조금 더 또렷해졌다.

"후우!"

맥이 풀린 윤도가 무너지듯 의자에 앉았다. 산해경의 영약은 성공이었다. 윤도의 장침 또한 성공이었다.

"와아!"

대기실에서 애를 태우던 조모와 이진웅, 그리고 엄 부장과 수행원들은 윤도의 통보와 함께 격한 환호를 울렸다.

"원장님, 제가 좀 봐도 되겠습니까?"

엄 부장이 소리쳤다.

"일단은 조모께서 먼저입니다."

윤도가 그를 진정시켰다. 노모가 침구실에 들어섰다. 그리고… 침구실 안에서 또 하나의 기적이 이어졌다. 정신이 돌아온 손자를 본 조모가 엄 부장보다 높은 소리를 지른 것이다.

"아이고, 기택아!"

소리였다.

사실 윤도도 그게 어떤 상황인지 잘 몰랐다. 워낙 환자에만 신경을 쓴 까닭이었다. 하지만 조모 역시 충격으로 실어증에 걸렸던 상황. 그 실어증이 단숨에 사라진 것이다.

"회장님, 저 진웅입니다."

이진웅은 복도가 떠나가라 전화를 걸었다.

"채 실장님이 또 한 번의 기적을 일으켰습니다. 오라개발 정기택 대리, 정신이 돌아왔습니다. 말을 하고 사람을 알아봅니다!"

이진웅의 목소리는 점점 더 높아졌다.

"이 부장님, 고맙습니다."

정 대리를 보고 나온 엄 부장이 이진웅에게 인사를 전했다.

"제가 아니고 우리 채 원장님입니다."

이진웅이 인사의 방향을 고쳐주었다. 엄 부장은 윤도를 향해 허리가 부러져라 인사를 올렸다.

그로부터 30여 분 후에 이 회장과 김 전무가 들이닥쳤다. 그때는 이미 정기택의 상태가 조금 더 좋아진 때였다.

"회장님!"

기혈 조화를 위해 다른 혈자리에 장침을 맞고 있던 정기택이 상체를 세웠다.

"아아, 그냥 있게. 그냥……."

이 회장이 친히 정기택을 위로했다.

"고맙네."

이 회장이 정기택의 손을 잡았다.

"아닙니다. 심려를 끼쳐 죄송합니다."

정기택이 대답했다.

"채 실장, 정 대리의 업무 복귀… 가능하겠나?"

이 회장이 윤도를 바라보았다.

"정신이 돌아왔으니 큰 문제없습니다. 모르핀 때문에 저혈압
이 좀 심한데 이신교제단과 영계출감탕 정도 합방해서 탕제 먹
으면 곧 좋아질 겁니다."

윤도가 대답했다.

"김 전무, 이 친구 몸 상태가 정상이 될 때까지 전 사적으로
지원을 아끼지 말도록. 조모의 건강도 함께 챙겨 드리고."

"알겠습니다. 회장님!"

김 전무가 지시를 받았다.

"회장님……."

감격한 정 대리 눈에 눈물이 고였다. 그의 신분은 오라개발
대리. 본사와 독립된 법인체였으니 막말로 TS전자가 외면해도
그만이었다. 그런데 이렇게 회복시켜 준 것도 전사적인 지원 지
시. 감격하지 않을 수 없는 정 대리였다.

"자넨 아무 걱정 말고 채 실장이 시키는 대로만 하게. 나머

지는 내가 다 책임지겠네."

"회장님… 고맙습니다."

"고맙습니다, 고맙습니다."

정 대리에 이어 조모도 눈물을 훔쳤다. 알고 보니 정나현도 구석에서 울고 있었다. 진경태가 다가가 그녀의 등을 토닥여 주었다.

"채 실장."

김 전무가 다가왔다. 윤도는 그가 할 말을 짐작했다.

"오 이사님 모셔 오셔도 됩니다."

선수를 쳤다.

"가능한가?"

"처음이 어렵지 두 번째가 어렵겠습니까?"

"고맙네. 정말 고맙네."

"한의사로서 아픈 사람 고치는 수고는 당연한 일입니다."

"말은 당연하지. 하지만 아무 의사나 하지 못하니까 이러는 거 아닌가?"

"대신 며칠 말미를 주세요. 일단은 정 대리님부터 완전하게 회복시킨 후에……."

"알겠네. 한 달이 걸리면 어떤가? 내가 정 대리 동영상 찍었는데 가면서 오 이사 가족에게 보여줄 걸세. 그분들, 이 영상 보면 천국의 선물을 받은 듯 좋아할 거야."

김 전무는 흥분 모드에서 헤어나지를 못했다.

올 때는 식물인간처럼 들것에 실려 온 정기택. 갈 때는 휠체

어에 앉아 인사까지 하고 갔다. 이제 걷는 것도 시간문제였다.

"어!"

이 회장 일행과 환자를 보내고 돌아온 윤도, 대기실 테이블에서 시선이 멈췄다. 거기 배달 음식이 있었다. 그제야 생각이 났다. 1차 시침 후에 먹기 위해 시켰던 바지락 칼국수. 그게 퉁퉁 불은 채 식어 있었다.

"죄송해요. 원장님이 하도 몰입해 계셔서 말도 못 붙였어요."

정나현이 고개를 숙였다.

"정 실장님이 왜 미안해요? 식사도 제대로 못 먹게 한 내가 미안하지."

윤도가 얼굴을 붉혔다. 손도 안 댄 식사 3인분. 정나현과 진경태도 먹지 않은 모양이었다.

"식은 거 먹기도 그럴 테고 어서 가세요. 늦어서 미안해요."

"쳇, 무슨 말을 그렇게 하세요? 기왕 시킨 거 먹고 가야죠."

정나현이 그릇의 랩핑을 벗기기 시작했다.

"정 실장님……."

"저 그렇게 의리 없는 사람 아니거든요. 게다가 오늘은 왠지 식은 음식도 별미 같을 거 같단 말이죠."

정나현이 젓가락을 내밀었다.

"그럼 새로 좋은 거 시켜서……."

"에이. 음식 버리면 벌받으니까 그냥 먹자고요."

진경태까지 합세하자 윤도는 더 할 말이 없었다.

칼국수는 한데 엉겨서 잘 풀어지지 않았다. 그걸 풀려다가

국물이 튀었다. 서로가 그랬다. 그래도 별미는 확실했다. 칼국수 때문이 아니라 보람 때문이었다. 절망의 수렁에 빠졌던 모르핀중독 환자. 그를 다시 세상으로 끌어내 가족 품에 돌려주는 맛이라니.

개업 첫날, 윤도의 하루는 역사가 되었다. 숨 돌릴 새 없이 몰아친 장침 내공. 거기에 더불어 숙제 같던 모르핀중독 해결. 윤도는 불어 터진 칼국수 대신에 보람을 먹었다.

호로록 호로록!

천상의 별미였다.

분명 그랬다.

10. 신약(新藥) 파트너

—신침 등장.

—원샷 명침.

—한의 명의 지상 강림.

일주일······.

환자들에 의해 수많은 닉네임이 추가되었다.

그 한 주가 어떻게 갔는지 생각도 나지 않았다. 첫날부터 완판 매진을 찍은 윤도의 일침한의원은 일주일 내내 숨 돌릴 틈도 없이 돌아갔다. 둘째 날은 더 많은 환자들이 줄을 섰다. 셋째 날은 경찰까지 출동해 질서를 유지해 주었다. 넷째 날이 압권이었다. 마침내 밤을 새워 기다린 환자까지 나온 것이다.

윤도는 비상 회의를 열었다. 이러다가는 불상사도 우려되었다. 몸이 좋지 않은 환자들이 밤을 새우면 부작용을 배제할 수 있었다.

—완전 예약제.

—고질병 전문 한의원.

대안과 함께 원칙을 정했다.

예약제는 무작정 기다리는 환자들을 위해서 필요했다. 아울러 고질병, 난치병 전문 표방 역시 피할 수 없는 길이었다. 신들린 명침으로 발목을 삐거나 허리 삔 환자를 중심으로 진료할 수는 없었다. 그런 환자는 어느 한의원에서도 고칠 수 있다. 보다 난도 높은 질환의 환자들에게 희망을 주는 게 옳다고 판단한 것이다.

TBS 방송국 뉴스 팀의 신세를 졌다. 실상과 함께 운영 원칙을 뉴스로 부탁한 것이다.

"장안에 명침 신드롬을 일으키고 있는 일침한의원은 오늘도 환자들로 북새통을 이루었습니다. 개업 이래 날마다 고질병과 난치병을 고치며 신드롬을 이어가는 일침한의원입니다. 환자가 몰리다 보니 한정된 의료 공간 문제로 차례를 기다리다 기절하는 경우까지 나오고 있습니다. 이에 원장 채윤도 한의사는 앞으로 부득 예약 환자만 받겠다는 대책을 내놓았습니다. 날마다 화제가 되고 있는 명침의 한의원. 앞으로는 예약제를 이용해 좀 더 편안한 진료가 되기를 바랍니다. 일침한의원에서 TBS 박혜린입니다."

뉴스가 나가자 예약제가 슬슬 자리를 잡았다.

다만 주 1회 오후와 토요일, 오후 6시 이후는 예외로 비워두었다. 쏟아지는 '특별 의뢰' 때문이었다. 그 의뢰의 시작은 장박사 쪽이었다. 그의 능력으로 넘볼 수 없는 환자가 오면 윤도에게 전화를 했다. 다른 경로를 통해서도 의뢰가 줄을 이었다. 대개는 병원이나 한의원이 포기한 난치병과 불치병이었으니 따로 시간을 빼는 수밖에 없었다.

그 와중에도 장 박사에게 탕제 자문도 받았다. 탕제라면 현존하는 한의사 중에서 최고에 속하는 그였다. 갈피를 찔러둘 비방들이 많았다.

퇴근 무렵에 정나현이 침구실 문을 열었다. 윤도는 모르핀중독자 정 대리에게 활력 시침을 하고 있었다.

"원장님, 손님이 오셨는데 어떡할까요?"

"손님?"

윤도가 돌아보았다.

"명함을 주시는데 제약 회사 대표님이세요."

"……?"

명함을 받아 든 윤도 눈이 휘둥그레졌다. 그였다. 광희한방병원에서 치료한 폐암 환자 류수완, 강외제약 대표… 한번 만나야겠다고 생각하던 차였다.

"어디 계세요?"

"대기실에요."

"제 방으로 모시세요."

윤도가 지시를 내렸다.

정 대리의 침을 뽑았다.

"어때요?"

"가뜬합니다. 달릴 수도 있을 것 같습니다."

정 대리가 기지개를 켜보였다.

"탕약 잘 드시고요, 너무 무리는 마세요."

"고맙습니다. 고맙습니다."

정 대리는 혼자 힘으로 일어섰다. 혼자 힘으로 걸었다. 이제는 모르핀의 독이 거의 사라진 그였다. 조금만 보신을 하면 일상이 가능할 정도였다.

조모가 다가와 선물꾸러미를 내놓았다. 받지 않으려 했지만 통사정을 하는 바람에 받게 되었다. 정성을 다한 한과였다.

"채 원장님!"

잠시 후에 류수완 사장이 원장실로 들어섰다. 양복 차림의 그는 병원에서 볼 때와는 또 달라 보였다. 이제는 CEO 냄새가 물씬 나고 있었다.

"여긴 어떻게 아시고……."

윤도가 반가이 맞았다.

"대한민국 최고 명의가 가봐야 어디로 갑니까? 요즘 최고 이슈 메이커시잖아요."

"아무튼 반갑네요. 앉으세요."

"활약이 굉장하십니다. 물론 당연히 그럴 실력이시지만……."

"퇴원하신 건가요?"

"선생님 덕분에 확 좋아져서 통원 치료로 돌렸습니다. 회사

업무가 너무 밀려서 부탁을 했더니 조 과장님도 수락을 하시더라고요."

"그래도 무리하지는 마시기 바랍니다."

"실은 그래서 들렀습니다."

"……?"

"죄송하지만 여기서 치료를 좀 받으면 안 되겠습니까? 광회한방병원도 좋기는 하지만 어차피 제 호전을 이끌어낸 건 선생님이었고……."

"그건 좀……."

윤도가 말을 아꼈다.

"사실 조 과장님께도 말씀드렸는데……."

"뭐라시던가요?"

"다른 데로 가는 건 안 되지만 채 선생님, 아니, 채 원장님에게 가는 건 괜찮다고 하시더군요."

"……."

"부탁합니다. 기왕에 빛을 보게 주셨으니 끝까지 책임을……."

"협박이시군요?"

윤도가 웃었다.

"살려면 무슨 짓인들 못 하겠습니까? 부탁합니다."

"……."

"원장님."

"기왕 오신 거 저희 한의원 구경 좀 시켜 드려도 될까요?"

윤도가 말머리를 돌렸다.

"……."

"가시죠."

윤도가 거듭 권하자 류수완이 자리에서 일어섰다. 진료 확답을 듣지 못했기에 밝은 표정은 아니었다.

윤도가 문을 연 곳은 약제실이었다.

"……!"

약제실을 본 류수완이 소스라쳤다. 안에 딸린 장비와 약재들 때문이었다. 흔히 보는 개인 한의원의 풍경이 아니었다.

"진 선생님, 오셔서 인사 나누세요. 강외제약 류 대표님이십니다."

"안녕하세요?"

진경태가 다가와 인사를 올렸다 .

"반갑습니다."

류수완도 맞인사로 답했다.

"저희 탕제와 약재 관리, 법제 등을 책임지신 진경태 선생님이십니다. 한약사신데 약재 보는 눈이 귀신같으시죠."

"그럴 거 같군요. 척 봐도 진열된 약재들이 최상급들입니다. 이제 보니 우리 채 원장님……."

절편 약재를 살피던 류수완, 잠시 생각하더니 뒷말을 이었다.

"한약을 개발하고 계시군요?"

"……!"

윤도가 퍼뜩 반응을 했다. 아직 운도 떼지 않은 일. 안목 있는 개발자는 달랐다. 분위기만 보고도 알아채는 류수완이었다.

"대표님이 귀신이군요. 바로 감을 잡으시다니."

"천식 쪽입니까? 아니면 알레르기성비염이나 아토피?"

류수완의 시선은 해송자, 진피, 수평, 유근피, 목련꽃, 야생 다래 등에 물려 있었다.

"대단하시네요. 거의 맞았습니다. 아직 준비 단계지만요."

"이거 기대되는데요? 다른 한의사라면 호기심이려니 하겠지만."

"아까 병원 옮기고 싶다고 하셨죠?"

"예……."

"저한테 오시는 건 문제없습니다. 믿고 오시니 고마울 따름이지요. 다만 아까 대답을 드리지 않은 건 저도 대표님 도움이 필요해서 그랬습니다."

"약 개발 문제로군요."

"맞습니다. 저를 좀 도와주시겠습니까?"

"뭘 어떻게 해드릴까요?"

"아이들 아토피와 알레르기성비염을 치료하다 한의사로서 책임감을 느꼈습니다. 그래서 좀 더 편안하게 치료받게 할 수 없을까 시작했는데 의욕만 있지 길을 모릅니다. 어차피 시작한 일, 이제 와서 포기하고 싶지도 않고요."

"가장 중요한 능력이 있으시지요."

"그렇게 말해주시니 고맙긴 합니다만……."

"어디까지 나가셨는지 모르지만 신약 개발은 쉬운 일이 아니죠. 약 성분의 구성을 기막히게 조성했다고 해도 기타 문제가 더 복잡합니다. 우선 제가 드릴 질문은… 앞으로 진료보다 신약에 매진하실 건가요?"

"아닙니다. 하지만 필요하다고 생각되는 건 한 번씩 도전할 생각입니다."

"합리적인 생각이군요. 신약을 개발하려면 장침 치료를 거의 포기하셔야 할 테니 그런 계획이시라면 개발 전문 파트너를 구하는 게 좋습니다."

"공감합니다."

"샘플이 있나요?"

류수완이 묻자 진경태가 몇 가지 샘플 약을 건네주었다. 류수완은 하나하나 세심하게 맛을 보았다.

"이거 장침으로 약침 시험도 거친 건가요?"

"그렇습니다."

"장비를 보아하니 신약 개발은 가능할 수준이고… 활성 물질은 어느 정도나 확보하셨나요?"

"계속 진행 중입니다."

"순수 생약인가요?"

"맞습니다. 순수 생약……."

"좋군요."

류수완이 고개를 끄덕거렸다, 그의 질문은 신약 개발의 한

과정이었다. 그 과정은 윤도도 수십 번이나 숙지를 했다. 진경태하고 머리를 맞대는 것도 그런 문제였다.

신약!

21세기의 신약은 식물이나 광물이 대안으로 꼽혔다. 그렇기에 벤처기업도 많이 생겨났다. 하지만 생약과 식물의 성분에 대해 분자한의학적 방법의 규명이 끝나면 외국의 다국적 제약회사에 기술 이전을 하는 게 다반사였다.

신약은 결국 완성품이 나와야만 엄청난 부가가치를 이루지만 벤처 수준에서 다국적 제약 회사 같은 세분화 시스템을 갖추기가 불가능하기 때문이었다.

윤도 역시 다르지 않았다. 약초에서 성분을 추출한 후에 분획을 하여 물질을 분리하고 활성 검색을 거쳐 활성 물질의 대량확보, 작용 기전 규명, 독성 안정성, 약제 감수성 검사 등의 실험을 지나 임상까지 이르렀다. 하지만 그 사례가 소수에 불과하니 당장 제품화하기는 어려웠다.

그러나 류수완은 이미 신약 개발을 해본 사람. 시스템을 갖추고 있으니 조언자로서 제격이라고 판단한 윤도였다. 물론 신뢰가 가장 큰 동기였다.

"채 선생님이 먼저 말해주시니 의견을 드리기 편해졌네요. 팩트부터 말씀드리자면 이거 저하고 정식으로 개발 계약 하고 진행하시는 게 어떨까요?"

"사장님과요?"

"분리된 약용 물질과 작용 기전, 배합비까지만 안정되게 나온다면 그 전후의 과정은 제가 알아서 하겠습니다. 약재의 대량 확보와 약제 감수성, 임상, 신약 출시, 미국 특허출원까지 말이죠."

"미국 특허출원도요?"

"요즘은 그것부터 가는 개발 팀도 많습니다. 특허 안 내고 있다가 뒤통수 맞으면 도로아미타불이거든요."

"예……."

"대신 대우는 최고로 해드리겠습니다. 로열티도 저희 회사 최고 로열티의 2배를 책정해 드리고 기타 2차적인 수입에 대해서도 최고 대우를 계약서에 명기하겠습니다."

"그렇게나요?"

"선생님 덕분에 건강을 되찾았습니다. 이런 인연도 없을 테니 한번 믿고 맡겨보십시오."

"사장님……."

"선생님 처음 볼 때 예감 같은 게 들더라고요. 아, 이분은 나를 살려줄 거 같다… 그 예감이 뇌리를 세차게 치고 갔습니다. 실망시켜 드리지 않을 테니 좋은 소스가 생기면 계속 협력 관계가 되기를 바랍니다."

"아저씨 생각은 어떠세요?"

윤도가 진경태의 의견을 물었다.

"제가 뭐 압니까? 원장님이 알아서 하시면 되지."

"무슨 말씀이세요? 이건 아저씨 없이는 못 할 일이라고요."

"두 분 사연은 잘 모르지만 저도 원장님 덕분에 새 인생 찾은 사람입니다. 여기서 대우받는 것만 해도 만족하니까 그냥 까라면 까겠습니다."

진경태는 기꺼이 동의를 했다.

"이거 오늘이 굉장한 행운의 날이군요. 장침 사정하러 왔다가 행운을 안고 가게 되다니… 회사에 돌아가서 계약서 작성해서 보내 드리겠습니다. 아는 변호사분 있으면 법률적으로 검토하시면 됩니다. 마음에 들지 않는 건 토씨 하나라도 다 고쳐 드리죠."

"알겠습니다."

"어이쿠, 이거 오늘부터 또 잠 못 자게 생겼군요. 원장님 신약 기다리느라……."

류수완은 장침 네 방을 맞고 돌아갔다. 고무되기는 윤도도 마찬가지였다. 시작은 했지만 갈 길이 먼 신약 개발. 빵빵한 제약 회사가 파트너가 되어준다면 속도가 붙을 일이었다.

정나현이 퇴근하자 윤도가 약제실로 돌아왔다.

"그 사장님 갔습니까?"

진경태가 물었다.

"예."

"저런 분은 또 어떻게 아셨대요?"

"연수받던 병원에서 만났습니다. 폐암을 좀 호전시켜 드렸지요."

"헐, 대박."

"인상 어떠세요? 아저씨가 관상 좀 보신다고 했잖아요?"

"사람이 진솔하네요. 원장님 벗겨먹을 사람은 아닌 거 같습니다."

"언제 한번 뵙고 상의 좀 드리려고 했는데 마침 찾아와 주셨네요."

"원장님이 인술을 펼치고 다니니까 좋은 인연이 많아지는 거 아니겠습니까?"

"그래도 우리 몫은 제대로 해야죠. 그렇죠?"

"당연하죠."

"일 잘되면 아저씨 몫도 잘 챙겨 드리겠습니다. 그러니 열심히 도와주세요."

"저야말로 영광입니다. 제 주제에 신약 개발을 다 경험하다니."

"신약 쪽 시간도 모자라는데 내일은 모르핀 2차전이에요."

"아, 비슷한 중독 환자가 또 있다고 그랬죠?"

"오 이사님이라고, 그쪽 회사 대표랍니다."

"그럼 일찍 가서 좀 쉬세요. 엊그제도 밤새우시더니……."

진경태가 문을 가리켰다. 그러고 보니 원장실에 딸린 내실에서 두 밤이나 때운 윤도였다. 그 두 밤 다 약제실에서 약재 분석에 몰입했다. 이 일도 생각보다 재미가 있었다.

"내일 일을 모르니 시간 날 때 집중해야죠."

윤도가 산해경에서 가져온 영약, '동거'를 집어 들었다. 동거는 새다. 그 깃털과 콩팥, 내장이 약으로 쓰이기에 법제를 부탁했었다.

"역시 아저씨 손은 법제의 왕."

윤도가 엄지를 세워주었다. 진경태의 법제는 흠잡을 데가 없었다.

"첫날 처방을 보완한 결과는 어땠나요?"

"좋았습니다. 아이들 엄마들도 굉장히 만족해하던데 까페에 올라온 병원 후기 좀 보실래요?"

윤도가 노트북 화면을 열었다. 이제는 윤도의 광신도가 된 맘 까페 메인이 나왔다. 이 까페에서 윤도에게 다녀간 아토피와 천식 환자는 모두 22명이었다. 그중 열다섯은 두 번 만에 탕약으로 치료가 되었다. 나머지 일곱은 굉장한 호전. 그 환자들을 모델로 윤도의 치료제는 나날이 진화 중이었다.

여기서 진경태의 진가가 유감없이 발휘되었다. 그는 약재 절편의 최적 두께를 알았다. 절편 좀 대략 썰면 어떻겠냐 할 수도 있지만 천만의 말씀이다.

한약은 적게는 몇 가지에서 많게는 30여 가지의 약재로 구성된다. 이때 각각의 약성 물질이 최적으로 우러나도록 하는 게 절단의 목적이었다. 혹자는 말한다. 그럼 아예 싹 분말로 만들어서 달이면 순도 높은 성분을 얻을 것 아니냐고.

간단히 생각하면 그 말이 맞다. 그런데 왜 원하는 약효를 얻기가 힘든 걸까? 뭐에 좋은 약초라고 해서 먹어보면 큰 효과가 없다. 그게 바로 최적화 때문이다. 약초가 몸에 들어가 질환을 만났을 때 최상의 효과를 내는 데는 조건이 필요했다.

그러므로 수십 가지의 약재가 최적의 효과를 내려면 각각의 약초 특성에 따른 절단이 필요했다. 그렇게 함으로써 물질 분리도 수월했고 유효 물질 또한 적정량을 확보할 수 있었다.

그다음이 법제였다. 약 기운을 폐로 집중하려면 꿀 법제가 필요했다. 비장은 생강 법제, 신장은 소금 법제가 따라야 한다. 이런 방식을 무시하고 탕제를 만들면 좋은 효과를 기대하기 어려웠다.

진경태는 이런 조건을 모두 충족해 주었다. 그것 하나로도 윤도의 짐은 훌쩍 가벼워졌다. 거기에 더한 혈자리 약침. 윤도의 장침은 약초의 농도가 어느 포인트에서 최적화가 되는지의 반응점을 찾아낸 것이다. 그리하여 최적의 약리작용에 차츰 다가서는 윤도였다. 그랬기에 류수완에게 조언을 구한 윤도였다.

윤도가 꿈꾸는 건 비슷한 재료로 버무린 또 하나의 유사 제품이 아니었다. 그야말로 획기적인 치료 효과를 가진 치료제에 도전하는 것이다.

일침즉쾌.

윤도의 장침처럼 명쾌한 치료제!

아토피와 알레르기성비염 치료제가 목표였다. 어린아이들, 아토피와 알레르기성비염의 저주는 겪어본 부모만이 심정을 안다.

차분한 마음으로 기존의 한방치료제와 더불어 아토피와 알레르기성비염에 도움이 될 약재들을 재점검했다.

—가려움증에 효과가 좋은 개구리밥 수평.

—여러 피부 질환에 좋은 법제된 송진.

—각종 피부병에 좋은 배나무 껍질.

―알레르기에 좋은 야생 다래.

―코의 염증에 탁월한 유근피.

―피부에 윤기를 더하고 몸을 보하는 해송자.

―기침을 멎게 하고 신장을 튼튼하게 하는 지모.

―피부와 비장에 좋은 진피.

―기의 불균형을 잡아 원기를 회복시키고 상체에 작용하는 강활 등등.

中中.

中上.

윤도의 자동 분석기는 쉴 틈도 없었다. 진경태의 안목은 역시 대단했다. 야구로 치면 기본이 2루타였다. 윤도는 이 2루타를 등에 업고 달렸다. 쉬지 않아도 힘들지 않았다.

치료제 개발. 이제는 개봉박두를 꿈꿀 수 있었다.

11. 은혈(隱穴)을 잡아라

　토요일 오전.

　윤도는 침구실에 있었다. 막내 간호사 승주만 출근시킨 주말. 특별한 환자 다섯 팀을 살폈다. 맘 까페의 아토피피부염과 알레르기성비염 환자들이었다. 말하자면 저격 특진이었다. 이들 중 두 아이는 부모들이 귀농하려고 계획까지 세운 처지였다.

　윤도로서는 어차피 출근해야 할 날이었다. 오라개발 오 이사의 진료 때문이었다. 그 진료는 오전 11시경에 TS전자 의무실에서 예정되어 있었다.

　남는 시간 활용이었다. 뿐만 아니라 새로 활성 농도를 조절한 약제의 효과도 궁금한 윤도였다.

　첫 아이는 세 살 난 남자였다. 보기도 선명한 아토피에 기침

까지 달고 왔다. 콧물도 줄줄 흘렀다. 그래도 아토피가 시작된
지는 얼마 되지 않았다. 비염도 그랬다. 풍문혈에 단 한 대의
장침을 놓았다. 약침이었다. 그 혈자리에서 폐수혈을 조절해 기
침을 잡았다.

약침의 반응을 예의주시한 다음에 발침을 했다. 아이의 상태
에 맞는 처방을 냈다. 이 아이에게는 침보다 탕제 치료에 중점
을 두었다.

두 번째 환자는 네 살 난 쌍둥이이었다.

마흔 다섯에 시험관 아기로 낳은 이란성이었다. 부모들에게
는 목숨보다 귀한 아이들이었다. 두 돌이 지나면서 피부가 나
빠졌다. 우유에 체한 후였다. 시간이 지나면 나으려니 하고 넘
겼다. 하지만 그건 아이들이 들어선 지옥문의 첫 번째 날에 불
과했다.

네 살 아이……

가려우면 긁었다. 손에 장갑을 끼워놓아도 별수 없었다. 밤
이 지나 아침이 오면 온몸이 진물 범벅이었다. 가려우면 뒹굴기
도 했다. 덕분에 침대에서 떨어진 것도 몇 번이었다. 온갖 병원
을 오가며 처방을 받았다. 자연식품에 유기농만 먹이고 집 안
가구도 전부 원목으로 바꾸었다. 그래도 낫지 않았다. 약과 주
사는 그때뿐이었다. 2~3일 호전되나 싶으면 다시 진물투성이
로 돌아가는 것이다.

"엄마, 가려워."

아이가 몸을 비틀면 엄마 피가 말라갔다.

아토피피부염.

비염, 천식과 떼어서 생각하기 어려운 질환이었다. 이 세 가지 질환은 알레르기 사슬로 연결되어 동시에 발생할 확률이 높았다. 실제로 소아천식 환자의 절반 이상이 아토피피부염을 앓은 병력이 있고 비염 환자의 상당수 역시 천식을 앓은 병력이 있다고 나온다.

이런 경우의 질환은 아토피피부염―천식―알레르기성 비염의 순서로 진행되는 양상을 보인다. 따라서 상태에 따라 비장과 신장 치료를 병행하는 게 좋았다.

여기서 의문이 하나 생긴다.

비염과 천식 등은 폐 질환 같은데 왜 비장이나 신장이 거론되는 걸까? 실제 코가 폐에 속한다는 말도 있다. 그러나 이때의 코 질환은 양상이 다르다. 그렇기에 축농증이나 알레르기성 비염은 근육의 병으로 보아, 몸의 근육은 비장이 주관한다는 이론에 따라 신장과 비장으로 근원을 잡는 게 좋았다.

쌍둥이라서 질환까지 닮은꼴일까? 두 아이는 신장과 비장의 부조화까지도 비슷했다. 별수 없이 원인 치료부터 선행했다. 신수혈에 침을 넣고 명문혈에도 넣었다. 둘 다 뜸과 같은 화침이었다. 신장은 차갑다. 그렇기에 뜨거운 화침이 더 효과적이었다.

장침은 차곡차곡 들어갔다. 무릎 위의 혈해혈에서 혈액순환을 촉진하고 엄지발가락으로 내려가 비장의 경락을 깨웠다. 비장의 원혈로 불리는 태백혈 역시 빼놓지 않았다.

그렇다고 혈자리마다 약침은 아니었다. 신수혈과 혈해혈에서 감을 잡았으니 더는 필요가 없었다. 윤도는 그 농도와 자침 깊이를 따져 약제의 적정 활성 농도를 찾았고 그것을 탕제 처방의 기본으로 삼았다.

치료가 끝나자 쌍둥이는 더 이상 몸을 꼬지 않았다. 피부 속에 살던 가려움증의 괴물이 사라진 것이다.

"여보, 애들 좀 봐요."

엄마가 남편을 불렀다.

"영우야, 미우야, 너희들 안 가려워?"

엄마가 쌍둥이를 보며 물었다.

"침 맞았더니 시원해. 안 가려워."

쌍둥이가 나란히 고개를 저었다.

"이야, 진짜 명의시네. 솔직히 여기도 고액의 탕제나 권하려나 했는데……."

남편도 좋아 어쩔 줄을 몰랐다.

"선생님, 우리 애들 치료되는 건가요?"

엄마가 윤도를 바라보았다.

"가능합니다. 약 빼먹지 말고 먹이시고요, 식품이나 환경 같은 건 계속 신경 써주세요."

"여보, 우리 어쩌면 시골로 안 가도 되겠어."

엄마의 시선이 남편에게 돌아갔다.

"애들만 안 아프다면야… 사장님께 전화해야겠네. 며칠 더 생각할 시간을 달라고……."

"그러세요. 시골 가도 일자리 때문에 걱정이었는데……."

엄마가 안도의 숨을 쉬었다.

"안녕히 계세요, 원장님!"

꼬마 환자들이 나란히 한 줄로 서서 배꼽 인사를 해왔다. 인사는 보람이 되어 윤도 마음에 쌓였다.

10시 30분.

또 다른 모르핀중독자 오 이사 진료를 나갈 시간이었다. 윤도가 침통을 챙기려는 순간이었다. 문득 손에서 미끄러지더니 바닥에 떨어지고 말았다.

탱!

소리와 함께 침이 쏟아져 엉망이 되었다.

'뭐야?'

윤도의 신경이 살짝 곤두섰다. 불길한 예감이었다.

빵·빵·빵!

도로가 소란했다. 교통사고였다. 옆으로 나란히 달리던 차량. 괜한 경적으로 시비를 걸더니 앞차가 멈추자 그대로 직격하고 말았다.

한의사 된 마음에 잠시 현장에 멈췄다. 저만치 폭주해 오는 119 구급대가 보였다. 구조대원이 운전자를 끌어냈다. 큰 부상은 아닌 것 같았다.

문득 조수석을 바라보았다. 언산 용액이 보였다. 미량이다. 혹시나 해서 산해경으로 갔지만 꽃은 거의 피지 않았다. 그래도 큰 걱정은 하지 않았다.

극미량이지만 영약이 있었고 거기에 더해 정 대리를 치료한 노하우도 있는 까닭이었다.

멀리 TS전자 본사 건물이 시야에 들어왔다.

"……!"

입구에 선 사람을 보고 놀랐다. 김 전무였다. 그가 오라개발의 엄 부장, 부하 직원 둘과 함께 서 있었다.

"전무님."

윤도가 인사를 했다.

"어서 와요. 채 실장."

김 전무가 반가이 맞았다. 엄 부장도 인사를 해왔다.

"쉬는 날 나오게 해서 미안하군."

"별말씀을… 그러는 전무님은 왜 나오셨습니까?"

"나야 오 이사에게 책임감도 있고 여기 직원 아닌가?"

"저도 직원으로 알고 있습니다만."

윤도가 응수했다. TS전자 의무실장. 비상근이지만 틀림없는 직함이었다.

"그렇군. 그럼 휴일 근무 수당만 챙겨주면 될 일인가?"

"그래주시면 고맙죠."

"가세."

김 전무가 앞장을 섰다. 의무실로 가는 길은 이제 낯설지 않았다. 몇몇 직원들이 인사를 해왔다. 출근한 직원들이 여럿이었다.

"……!"

의무실에 들어서자 오 이사의 아내가 발딱 일어섰다.

그녀는 초등학생 두 딸을 데리고 있었다. 벌써 윤도를 알고 있는 눈치였다.

"마침내 그분이 오셨습니다."

김 전무의 말에는 긍지가 서려 있었다.

"선생님!"

오 이사 아내가 고개를 숙였다. 두 딸도 그녀를 따라 고개를 숙였다.

남편을 구해주세요.

아버지를 살려주세요.

세 사람의 눈동자가 합창을 했다.

"최선을 다할 테니 염려치 마세요."

가족들을 위로하고 가운을 입었다.

끼익!

치료실 문이 열렸다. S대학병원이나 SS병원 못지않은 시설을 자랑하는 TS전자 의무실이었다. 환자는 자동 침대에 있었다. 그를 간호하던 간호사가 자리를 비켰다.

"……"

첫 인상은 좋지 않았다. 얼굴이 아니라 상태였다. 차분하게 진료 차트와 진단서를 집어 들었다.

극한의 저혈압이 먼저 눈을 차고 들어왔다. 의식 또한 명료하지 않아 무의식과 의식을 오가고 있었다.

"나흘 전부터 혈압이 더 떨어지고 호흡이 나빠졌다고 하는군."

옆에 선 김 전무의 말이 무거웠다.

진맥부터 했다. 맥이 쉽게 잡히지 않았다. 정 대리와는 또 다른 경우였다. 정 대리의 맥이 좁은 사막의 모래알이었다면 오 이사의 맥은 망망대해의 습기 한 방울이었다. 동시에 위태로웠다. 모르핀의 대표적인 부작용을 다 갖춘 것이다.

의식불명, 발한, 발열, 호흡곤란, 변비.

이대로 두면 얼마 가지 못할 생명 같았다.

'후우!'

겨우 맥의 흔적을 찾아낸 윤도 입에서 한숨이 나왔다. 한의사로서 만나기 원치 않는 맥이 보였다. 단단한 유리알이 굴러다니는 듯한 맥… 진심맥이 되기 직전의 맥이었다. 이 맥이 진샘맥으로 변하면 환자는 죽는 것이다.

서둘러야 했다.

새로 고침.

정 대리에게 쓴 진단의 길을 참고했다. 심장의 모혈인 거궐혈. 오 이사의 인체 비례를 따져 거궐혈 자리를 찾았다.

'후우!'

숨 고름과 함께 윤도의 첫 장침이 들어갔다. 하지만……

툭!

장침이 부러져 버렸다. 분명 왼손으로 주변을 충분히 풀어 준 상태. 그런데 느닷없는 경직감이 나온 것이다. 살짝 자리를 비껴 다시 시도했다. 침이 겨우 들어갔다. 이어 두 개의 장침이 더 보태졌다.

'헐!'

다시 소리 없는 낭패가 밀려 나왔다. 혈자리가 아니었다. 아니, 혈자리라고 한들 알 도리가 없었다. 완전하게 다운된 경맥과 낙맥 등이 신호를 주지 않는 것이다. 납작 엎드린 혈자리. 윤도의 장침이 凸라면 혈자리는 凹이다. 들어가면 반응하고 결합해야 한다. 그런 다음에 작용을 해야 한다. 그런데 묵묵부답.

한 번 더 시도를 했다. 이번에는 관원혈이었다. 이번에는 영약 언산을 묻힌 약침이었다. 두 혈자리는 표리 관계에 있으니 관원혈을 잡으면 거궐혈의 자리를 알 수 있었다.

하지만······.

'쉿!'

윤도는 다시 헛발질을 할 뿐이었다.

물을 한 컵 마시고 다리를 살폈다. 이렇게 되면 축빈혈이라도 잡아야 했다. 주변의 기세고 뭐고 다 차치하고 본진에 한 방 먹이려는 것이다. 원인부터 잡기가 곤란하다면 병세 자체를 공략하는 것도 한 방법이었다.

"······!"

축빈혈도 헛발이었다. 축빈혈 자리로 예상되는 곳을 기점으로 세 개의 약침을 넣었지만 반응이 오지 않았다.

고요.

그것도 위태로운 고요······.

오 이사 몸의 상태였다. 바닥난 체력과 바닥난 혈압. 나날이 사위어가는 기혈.

'설마⋯⋯.'

골똘하던 윤도 뇌리에 벼락 하나가 내리꽂혔다.

'은혈(隱穴)?'

생각만으로도 윤도의 피가 서늘해졌다.

은혈⋯ 단어 그대로 숨은 혈자리다. 혈자리의 기묘함은 기의 조절에만 있는 게 아니었다. 사람마다 다른 혈자리. 표준을 정해놓았다지만 장담할 수 없는 혈자리에는 몇 개의 난공불락 혈자리가 전하고 있었다.

존재하되 잡히지 않는 은혈(隱穴).

강철처럼 단단해 침을 박살 내는 철혈(鐵穴).

원래의 혈자리에서 떠 있는 부혈(浮穴).

그리고 진짜 혈자리처럼 보이는 가혈(假穴).

흔히 4대 기혈(奇穴)이니 8대 기혈이니 불리는 희귀 혈자리. 이제 보니 오 이사의 혈자리가 그 난공불락의 하나인 은혈이었다.

'크헐!'

오싹한 소름과 함께 전율이 스쳐 갔다. 대충 덤벼서 될 일이 아니었다.

어떻게⋯⋯.

어떻게 혈자리를 찾아야 할까? 의서들을 곰곰 떠올렸다. 내경부터 침구집성방까지 더듬지만 기혈에 대한 언급만 나오지 은혈 취혈법은 없었다. 이건, 순전히 윤도 힘으로 해결해야 할 난제였다.

장침을 몽땅 꺼내놓았다. 은혈이라고 해서 혈자리가 없는 건 아니었다. 어떻게든 혈자리 하나를 찾으면 그걸 기준으로 삼을 수 있었다.

작심하고 찾아나선 혈자리는 역시 거궐혈이었다. 조금 전 넣었던 혈자리를 기준으로 계산했다. 환자의 몸, 모르핀중독 기간, 그리고 그로 인해 변화된 환자의 건강 상태… 그런 다음에야 침을 넣었다. 윤도는 손가락의 말단에 모든 감각을 집중했다.

하나.

둘.

셋…….

다섯 침이 더 꽂히고서야 미세한 반응을 받았다. 확인하고 또 확인했다. 혈자리 위치는 맞았다. 하지만 혈자리로 작용하지 않았다. 은혈이기에 그런 것이다. 장침 두 개를 더 꺼내 삼향으로 다향자침했다. 장침이 그물처럼 들어가지만 혈자리는 복지부동이었다.

복. 지. 부. 동!

남은 언산 일부를 오 이사의 입으로 흘려 넣었다. 얼굴빛이 조금 나아지나 싶었지만 그것뿐이었다. 언산의 복용법 때문이었다.

—피가 온몸을 도는 시간의 100배를 더해 6회 나눠 마시기.

그러자면 정량이 필요했다. 하지만 언산의 꽃이 다시 피려면 시간이 필요했으니 그걸 기다릴 수는 없는 일이었다.

'이미……'

늦은 건가? 원래 이어질 말은 그거였다. 하지만 상상을 끊어 버렸다. 포기란, 포기하는 순간 현실이 되기 때문이었다.

"어려운가?"

뒤쪽에서 관망하던 김 전무가 무겁게 물어왔다.

"오래 걸릴 것 같으니 나가 계시죠."

윤도의 대답은 묵직했다. 질환과의 전장에서 최전선에 선 야전사령관. 그 무게감과 비장함이 김 전무를 의무실 밖으로 밀어냈다. 혼자 남아 오 이사를 바라보았다.

정 대리는 살렸다. 같은 모르핀중독이다. 그러나 두 사람의 우주가 달랐다. 면역 체계를 비롯해 체질이 다른 것이다.

산해경…….

오늘 내일, 다른 영약을 찾아볼까?

유혹이 왔다. 언산이 아니면 다른 영약에 기대볼 수 있었다. 하지만 고개를 저었다. 산해경을 다 뒤지면 또 다른 영약이 있을 수도 있었다. 그러나 이건 혈자리를 잡지 못해 대처할 수 없는 상황. 이렇게 꼬리를 내리는 건 한의사의 자존심이 용납하지 않았다.

'그럴 수는 없지.'

고개를 젓고 다시 집중했다.

모르핀…….

팩트는 모르핀중독이었다.

중독이라는 게 그랬다. 비근한 예가 많았다. 진달래꽃술이 그렇다. 많은 사람이 아는 것과 달리 진달래꽃도 철쭉의 주요 독성인 GTX라는 독성 물질이 있다. 이는 사약 재료로 잘 알려진 성분이다. 이 술을 나눠 먹어도 병원에 실려 가는 사람이 있는가 하면 저절로 깨어나는 사람도 있다.

모르핀의 경우에도 동물에 따라 다르다. 인간에게는 도취 작용을 안겨주지만 고양이나 말에게 투여하면 극도의 흥분 상태를 만든다. 에페드린의 경우, 황인종에게는 작용이 약하고 흑인에게는 거의 영향을 주지 않는다. 반면 백인들은 센시티브하다.

상상 끝에 단어 하나가 끌려왔다.

이이제이(以夷制夷).

오랑캐로써 오랑캐를 다스린다는, 식상할 정도로 유명한 말이었다. 한방에서는 그 말을 이독제독(以毒制毒)으로 바꿔 치료에 응용해 왔다. 현대에서는 주로 암 치료에서 많이 쓰였으니 복어 독, 전갈, 부자, 옻 등이 대표적이었다.

'부자(附子)'

윤도 뇌리를 파고든 건 그 이름이었다. 부자는 열이 많다. 돌아다니는 성질이다. 멈추기를 싫어하며 차가운 데서 양기를 돌리는 작용이 강했다. 한마디로 말하면 삼국지의 장비와 비슷했다.

'엇!'

생각 속에서 또 하나의 약제가 꼬리를 물었다. 바로 웅황이었다. 그 또한 독을 제거할 수 있는 효력을 가지고 있는 약재였다.

윤도가 핸드폰을 꺼내 들었다. 수신자는 진경태였다.

통화를 마치고는 오 이사의 발을 주물렀다. 그저 주무르기만 했다. 오랜 긴장감을 이기지 못한 김 전무가 의무실 문을 열었다. 윤도의 모습이 그 눈에 들어왔다. 김 전무는 문을 닫고 나왔다.

"후우!"

밖으로 나온 김 전무가 담배 연기를 뿜었다. 끊은 지 2년 만의 흡연이었다.

"전무님."

오라개발 엄 부장이 다가왔다.

"왜 그러나?"

"어렵… 습니까?"

엄 부장의 목소리도 무거웠다.

"한 대 피려나? 나도 얻은 건데?"

김 전무가 담뱃갑을 내밀었다.

"아닙니다."

"오 이사……."

"……."

"엄 부장도 이라크 현장에 있었지?"

"죄송합니다. 제가 모시고 나왔어야 했는데."

"누가 보면 엄 부장은 왜 안 다쳤냐고 질책하는 줄 알겠군."

"오 이사님이 마지막까지 현장을 단속하고 나오시는 통에……."

"저 양반 스타일이잖나? 일과 부하 직원 챙기기. 그렇기에 회장님도 저 양반 내세우면 믿음이 생기는 거고."

"……."

"담배 연기 말일세……."

김 전무의 눈은 자신이 뿜어낸 담배 연기에 꽂혀 있었다.

"……?"

"이게 처음 내뿜으면 굉장히 자욱하지만 서서히 흩어지지."

"예……."

"오 이사의 의식도 이렇게 될 걸세. 지금은 안개 속에 있지만 곧 다 사라지고 명쾌해지는… 나는 그렇게 믿네."

"전무님."

"지금 저 안에 있는 한의사가 누군 줄 아나?"

"채윤도라고."

"이름 말고 저 사람의 실력 말일세."

"……."

"아무도 손 못 쓰는 회장님 따님의 병을 고쳤고, 이진웅 부장의 멈춘 심장도 채 실장이 살려냈네."

"……."

"그리고… 중국 공장 건설 문제가 어려웠을 때 천하의 비방으로 중국 상무위원의 질환을 고쳐 해결해 주었고, 정 대리도 일상으로 돌려놓았지."

"……."

"엄 부장, 자네 말일세, 혹시라도 가족들 앞에서 절대 낙담한 표정을 비춰서는 안 되네. 그건 우리 채 실장에 대한 모욕이야."

"전무님……."

"채 실장은 할 수 있네. 내가 보증할 테니 그렇게 아시게."

"……."

"하지만 만약… 만약 말일세……."

담배를 비벼 끈 김 전무가 단호하게 뒷말을 이어놓았다.

"채 실장이 못 하면 하느님도 못 하네!"

그사이에 진경태가 도착했다. 그는 의무실로 달려가 상자 하나를 내려놓았다. 윤도는 그때까지도 오 이사의 발을 지압하고 있었다.

"수고하셨어요."

윤도가 답했다.

"괜찮습니까? 원장님?"

진경태가 물었다. 윤도의 얼굴은 한의원을 나서던 그 얼굴이 아니었다.

"힘들어 보여요?"

"그걸 말이라고 합니까? 지금 원장님 얼굴 차마……."

"그렇다고 이 환자만 하겠어요?"

윤도가 웃었다. 진경태는 더는 입을 열지 못했다. 완전한 압도였다. 윤도는 이미 환자 치료에 무아지경을 보이고 있었다.

딸깍!

상자를 열었다. 안에 든 건 부자와 미량의 웅황이었다.

'왔구나.'

양이 많은 부자 용액부터 집어 들었다. 부자는 독성이 강하다. 부작용도 있을 수 있다. 주요 부작용만 해도 안구 이상, 혈압 강하, 출혈증, 손발이 차가워지는 궐냉증 등이 꼽힌다. 그렇기에 한의사라고 해도 주의를 해야 하는 약재였다.

오늘 윤도가 선택한 건 법제를 마친 놈이었다. 하지만 기본 법제만 시행해 독성을 많이 낮추지는 않은 부자를 염두에 두었다. 강력한 독성이 필요했기 때문이었다.

장침을 뽑았다. 부자 용액을 발랐다. 생약학적으로 독성의 성분은 아코니틴(Aconitine)이다. 적당히 잘 쓰면 강심 및 혈압 상승, 신진대사 촉진, 혈관 확장에 유용하다.

'부탁해.'

윤도의 왼손이 다시 거궐혈 자리로 추정되는 주변을 자극하기 시작했다. 얼마나 긴장을 풀었을까? 왼손가락 끝에 땀이 맺힐 때쯤 윤도의 장침이 거궐혈 자리를 찾아 들어갔다.

장비가 귀신을 쫓는 심정, 그 심정이 윤도의 마음이었다. 하지만, 그게 또 의술의 자세였다. 티끌만 한 가능성이라도 있다면 놓을 수 없었다.

"……!"

첫 장침은 매가리가 없었다. 윤도가 고개를 갸웃거렸다. 사람마다 다를 수 있는 혈자리. 그러나 제아무리 은혈이라고 해도 혈자리가 없는 것은 아니었다.

여길까?

여기가 아닌가?

그 마음을 비웠다. 다시 오 이사의 인체 비례를 따졌다. 날씨와 체온도 감안했다. 그렇게 계산한 판단을 믿었다. 그 자리에 장침을 넣었다. 부자를 듬뿍 묻힌 약침이었다.

반응 무.

두 번째 장침은 이향투자침으로 넣었다.

반응 무.

또 하나의 장침을 꺼내 들었다. 이번에는 미량의 웅황 용액을 묻혔다. 그 장침은 이향투자로 들어간 침 가운데에다 넣었다. 삼향투자가 되는 순간이었다.

그때!

"……?"

윤도 손끝에 미미한 반응이 닿았다. 숨을 멈춘 윤도가 마지막 장침을 조심스레 돌렸다. 그러자 손끝으로 생명의 신호가 옮겨왔다. 마치 공기가 낚싯줄을 물듯 미세한 느낌이었다.

'여기다.'

윤도 피가 확 끓어올랐다. 마침내 감을 잡은 것이다. 양옆으로 들어간 두 침을 뽑아 위치를 수정했다. 혈자리에서 0.5㎜ 정도 어긋난 자침이었다.

후웅!

혈자리가 반응해 왔다. 윤도가 그걸 놓칠 리 없었다. 정신없이 장침을 넣었다. 장침마다 부자 용액을 묻혔다. 거궐혈 위의 구미혈, 아래의 상완과 중완혈… 그렇게 확보된 혈자리를 따라 장침을 꽂아나갔다. 가다 보니 임맥 거의 전체에 침을 넣은 윤도였다.

임맥은 몸의 앞 중앙부를 흐르는 생명의 길이다. 큰 대문으로 통하는 거궐혈을 중심으로 가운데 마당으로 불리는 중정혈, 자줏빛 궁전 자궁혈, 인체의 얼굴이라는 천돌혈…….

다음으로 경외기혈 몇 자리를 확보했다. 측면 지원을 하려는 것이다. 그 전략이 먹혔다. 경외기혈 다섯 자리에 장침을 넣자 임맥의 문들이 열리기 시작했다.

그게 신호였다. 인체의 작용은 신비 그 자체였으니 한 작용은 다음 작용을 도왔다. 마침내 몸의 뒷부분에 속하는 독맥도 따라 열렸다.

'아아!'

윤도는 또 한 번 감탄하고 말았다. 침을 잡은 손끝을 따라 전해오는 인체 혈자리의 점등, 점등, 점등! 그건 불 꺼진 지구에 전기를 밝히는 것과도 같은 감격이었다.

화악!

마지막 혈자리까지 기혈이 닿고서야 윤도가 진맥을 잡았다.

'진심맥.'

어느새 코앞까지 내려와 있었다. 오 이사의 심웅도 이제는 느껴졌다.

심옹은 심장 쪽에 살이 부어오른 질환이다. 평소에 과음을 했거나 자극적인 음식을 먹으면 생길 수 있는 병이었다. 하지만 혈자리를 확보한 윤도, 이제는 거칠 게 없었다.

거궐혈을 중심으로 퍼져 나가는 기세를 보았다. 부자의 약성은 쓸 만했다. 심장이 벌떡거리고, 혈압이 오르고, 기혈 순환이 빨라졌다.

윤도의 장침도 다시 가세했다. 정 대리처럼 모혈을 잡았다. 그런 다음 전체의 기혈 조화를 살핀 후에 축빈혈을 확보했다.

독을 없애는 명혈 축빈혈. 이번에는 언산과 웅황의 약침을 차례로 찔렀다.

이독제독으로 들어간 독, 부자. 병을 주었으니 약을 주어 내치는 것이다.

'부탁한다.'

윤도의 손이 장침 끝을 돌리기 시작했다. 안정되게 들어간 장침은 혈자리 안에서 윤도의 마음을 받았다.

조금.

조금 더, 조금……

몇 번의 조율 끝에 포인트를 잡았다. 나머지는 자동이었다. 혈자리를 통해 들어간 두 영약은 장침의 기세를 등에 업고 오이사의 온몸으로 퍼져 나갔다. 찬란한 번짐이었다.

그제야 윤도는 길고 긴 날숨을 쉬었다. 몸이 축 늘어졌다. 최선을 다했다. 결과는 이제 하늘에 맡길 일이었다.

한 시간……

해독 때문에 조금 긴 시간을 투자했다.

윤도는 앉은 채로 환자를 보고 있었다. 세팅한 타이머가 울리고서야 정신을 차렸다.

발침을 했다. 본능적으로 환자를 보았다. 아직은 변화가 없었다.

'한 번으로는 역부족인가?'

병은 대개 간 길을 돌아온다. 크게 실망하지 않았다. 일단 혈자리를 파악한 것만으로도 고무적인 윤도였다. 그러다 윤도가 막 일어서려 할 때였다. 뭔가가 윤도 손에 닿았다.

'응?'

무심코 시선이 내려갔다. 거기서 시선이 굳어버렸다. 환자의 손이었다. 그 손이 윤도 손 위에 있었다.

무의식에 움직인 게 아니라… 윤도 손을 잡고 있는 게 아닌가? 그리고… 그걸 실감이라도 시키려는 듯 오 이사의 목소리가 윤도 귓청을 때렸다.

"물… 좀……."

"……?"

"물……."

윤도는 보았다. 분명하게 움직이는 환자의 입술… 분명하게 들렸다. 환자의 목에서 나오는 목소리.

'오, 하느님.'

물 줄 생각도 잊은 채 윤도는 두 손을 모아 쥐었다. 마침내 또 한 번의 기적을 연출하는 윤도였다.

"아빠!"

"여보!"

가족들이 감격의 절규를 터뜨릴 때 윤도는 바깥의 나무 아래 있었다. 울긋불긋한 나뭇잎에서 이는 바람이 시원했다. 큰 보람을 이루고 나온 때라 산해경의 영목, '난' 아래 서 있는 것 같았다. 치아가 나는 영약을 준 나무.

하긴 산해경 속에는 '불사약'도 있었다. 그러나 윤도를 거부했던 그 불사약… 불사약이라는 게 정말 불사(不死)인지, 아니면 장수인지는 모르지만 오늘 같은 순간에는 늘 아쉬움이 남는 윤도였다.

"아빠, 사랑해. 나 이제 아빠 말 잘 들을게."

"나도. 심술 안 부리고 언니처럼 공부 잘할게."

두 딸의 목소리가 창을 타고 나왔다.

나무는…….

알까?

지금 이 마음…….

윤도가 나무를 올려다보았다. 싱그러운 잎사귀를 하늘거리는 나무.

어쩌면 나무처럼 윤도의 의술 또한 안으로 한 바퀴 테가 생기는 날이었다. 나이테처럼 의술테가…….

"원장님."

진경태가 다가왔다. 아까 약을 가져와서는 돌아가지 않은 모양이었다.

"아직 안 가셨어요?"

"미안합니다."

"뭐가요?"

"아까 보니까 신이 내려와도 불가능한 치료 같아서 조금 하다 말겠거니 하고 모셔가기 위해 기다렸는데… 제 생각이 역시……."

"맞아요."

"네?"

"아저씨가 왔을 때까지는 분명 그랬어요."

"원장님."

"저 애들 소리 들리세요? 아마 그때부터 애들 기도가 더 간절해졌을 거에요. 그게 환자를 깨운 걸 테죠."

"원장님……."

"저는 그저 장침과 약을 보탰을 뿐이에요. 인명은 재천이지 한의가 좌우하는 게 아니잖아요?"

"원장님만은 인명이 한의라고 해도 됩니다. 어쩌면 죽은 사람도 살릴 것 같은 명의입니다."

"별말씀을… 아저씨가 제시간에 와준 공이 크지요."

"이제 마음 좀 가셨으면 의무실에 가보시죠? 여기 높은 분들이 찾는 것 같던데."

"그래요? 고맙습니다."

윤도가 걸음을 떼었다. 진경태는 말없이 그 뒷모습을 바라보았다.

한의사.

진경태에게 있어 한의사란 냉소의 대상이었다.

쥐뿔도 모르면서 폼만 잡는 사람이 많았다. 하지만 윤도는 그들과는 레벨이 달랐다.

'늘그막에 인복이 있을 거라더니……'

한의원을 등지고 시골행을 택할 때 역전에 돗자리를 편 돌팔이 역학자에게 들었던 말. 그 말이 생각나 혼자 웃는 진경태였다.

『한의 스페셜리스트』 5권에 계속…

초대형 24시 만화방

신간 100%, 샤워실, 흡연실, 수면실(침대석), 커플석, 세탁기 완비

■ 광명 광명사거리역점 ■

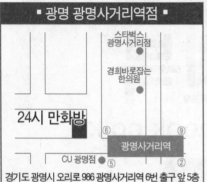

경기도 광명시 오리로 986 광명사거리역 6번 출구 앞 5층
02) 2625-9940 (솔목타워 5층)

■ 강북 노원역점 ■

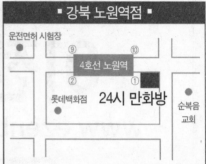

서울 노원구 상계동 340-6 노원역 1번 출구 앞 3층
02) 951-8324 (화용빌딩 3층)

■ 일산 정발산역점 ■

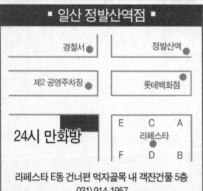

라페스타 E동 건너편 먹자골목 내 객잔건물 5층
031) 914-1957

■ 일산 화정역점 ■

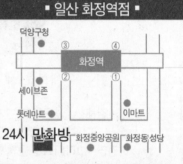

경기도 고양시 덕양구 화정동 984번지 서일빌딩 7층
031) 979-4874 (서일사우나 건물 7층)

■ 부천 역곡역점 ■

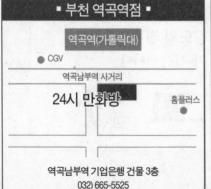

역곡남부역 기업은행 건물 3층
032) 665-5525

■ 부평역점 ■

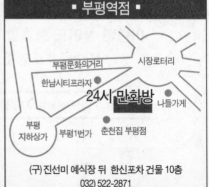

(구) 진선미 예식장 뒤 한신포차 건물 10층
032) 522-2871